Gabriel Barylli / Sharron Gold

Schmetterling

Gabriel Barylli / Sharron Gold

Schmetterling

NYMPHENBURGER

Für Walter, Elsa und Theresé

Umschlaggestaltung: Felix Weinold, Schwabmünchen
Satz: Filmsatz Schröter GmbH, München
Druck und Binden: Wiener Verlag, Himberg
Printed in Austria
ISBN 3-485-00661-0

»Engel nehmen's leicht,
darum fliegen sie ...«

♀

Für immer.
Für immer ist eine lange Zeit, habe ich ihm einmal gesagt. Ich weiß, hat er geantwortet, und ich werde dich für immer lieben.

Wie konnte er mir so etwas antun.

Wie konnte er alles zerstören, was so wunderschön begonnen hatte.

So viele Gedanken gehen mir durch den Kopf. So viele Bilder. Ich sehe die romantischen Abende vor dem Kaminfeuer und schmecke den Rotwein, den wir getrunken haben – aber wenn ich dieses Bild jetzt vor mir sehe, sitzt dort eine andere Frau und spielt meine Rolle.

Rachegedanken und gleichzeitig das Wissen, daß alles, was du jemandem antust, zu dir zurückkommt. Ich stelle mir vor, daß ich mit einer Pistole in der Hand in unserem Haus auftauche, während er dabei ist, »sie« leidenschaftlich zu lieben. Er sieht mich an, seine Haare sind zerwühlt, und er sagt: »Glaub nicht, was du siehst. Es ist alles ganz anders.« Darauf antworte ich: »Aber natürlich, mein Liebster, in Wahrheit sitzt du gerade mit deinen Freunden zusammen und spielst Karten, hast du ein Full house?«

Oder es geht auch anders – die unerwartete Wendung. Ich tauche auf... Er mit ihr... Ich ziehe mich aus, schlüpfe in ein langes weißes Baumwollnachthemd, krieche neben die beiden ins Bett und murmle gelangweilt nebenbei: »Oh, heute abend blond«, drehe mich um und schlafe ein.

Eifersucht.
Wir haben doch alle Erich Fromm gelesen und uns von der Eifersucht gelöst. Ich dachte wirklich, es sei out. Warum kann ich nicht glücklich sein bei dem Gedanken, daß mein Ehemann in diesem Moment ein wunderschönes Erlebnis hat, das er wie verrückt genießt und das ihn selig macht?
Weil ich es nicht kann – und weil Erich ein Idiot ist.

Rache.
Plötzlich verstehe ich, warum Frauen ihre Männer aussaugen bis auf den letzten Pfennig. Es gibt uns Macht. Wir können ihn fertigmachen. Wir können ihn dort treffen, wo es ihm am meisten weh tut. Norman Mailer hat gesagt: »Ich habe nicht von

den Fehlern gelernt, die ich mit Frauen gemacht habe, sondern von dem Geld, das ich bezahlen mußte.«

Ja, das werde ich tun, und ich werde sogar den Kühlschrank mitnehmen. Soll er doch versuchen, in einer leeren Wohnung ohne Teppiche, Tapeten und Vorhänge eine Frau zu verführen, wenn er nicht einmal ein Glas hat, in das er seinen lauwarmen Champagner kippen kann.

Champagner.
Warum fallen wir immer noch auf dieselben alten klebrigen Tricks herein: gedämpftes Licht, leise Musik und die tausend Perlen im Champagnerglas... Ich kenne seine Routine, ich bin selbst darauf reingefallen. Es gibt nur eines: diesen Hurensohn vergessen, wegfahren, ganz weit wegfahren, ganz weit weg!

Indien.
Das Land der Seele, das Land meiner Vorfahren. Der Flug war furchtbar. Aber das ist nichts Neues, zur Zeit geht alles schief. Aber don't worry. Ich werde ein ruhiges Zimmer für mich finden, am Strand, unter den Palmen, in der Sonne. Ich werde es mir gemütlich machen und alles wird gut werden.

Das Drängen und Stoßen am Flughafen.

Der Lärm und die Lebendigkeit, die mich immer schon bei der Ankunft verzaubert haben. Das Lächeln. Diese lächelnden Gesichter, dieses echte Lächeln der Inder: das Lächeln meiner Heimat. Der Geruch. Dieser Geruch. Was ist das? Süß, warm, schwer und dunkel. Ich bin zu Hause. Alles wird gut, sage ich erneut zu mir, wie zu einem Kind, das sich selbst Mut machen möchte.
Wie kann ich jemals diesen Schmerz vergessen?
Okay, jetzt bist du in Indien.

Du bist hier, um ihn zu vergessen. Um ihn zu vergessen?
Ja, um ihn zu vergessen!
Komm zur Ruhe, atme gute Luft, geh spazieren, genieß die Sonne auf deiner Haut und, wer weiß, vielleicht triffst du einen netten Mann, der ...
Einen netten Mann? Bist du verrückt, nie wieder! Das kommt nicht in Frage, das kann ich nicht, »nett« sind sie alle am Anfang!
Okay, stop, nimm ein Taxi und fahr los.

Ich liebe dieses Land. Die Kokospalmen, die Reisterrassen, die Kühe, die noch immer einen Pflug ziehen, die Armut und den Reichtum, die Natur ... So hat die Natur die Welt gemeint, saftig, freundlich, fruchtbar und voll Leben.

»Brauchst du ein Taxi?« fragt der Fahrer. Ich sehe in seinem Gesicht, daß ich lange über den Preis verhandeln muß. Okay, das gehört dazu. »Wieviel zu Bagabeach?« frage ich ohne jedes Interesse, als würde ich nicht sehen, daß er das einzige Taxi ist, das noch dasteht. Ich schaue durch ihn hindurch, und in meinen Augen kann er nur einen Satz lesen »versuche mich reinzulegen, und ich gehe die zehn Meilen zu Fuß«.

»Vierhundert Rupies«, sagt er. Ich nehme meine Tasche und gehe los. Nach zwei Minuten hat er mich eingeholt, und ich bezahle 50 Rupies bis zum Strand. Ich werfe meine Tasche auf den Rücksitz und klettere in den Wagen. Auf dem Armaturenbrett kleben Stickers von Sai-Baba – ein Mahatma, eine große Seele, ein Guru. Wenn sein Bild hilft, einen Unfall zu vermeiden, dann ist es gut. Die Fenster klemmen in der Mitte fest, die Ledersitze sind gesprungen und zerrissen: Es ist alles so vertraut.

Ja, du willst, du kannst und du wirst ihn vergessen. Und das hier ist der richtige Platz. Das Land von Buddha, Bagwan und Bananas. Ach ja, und Bagabeach natürlich!

Drei Jahre, seit ich das letzte Mal hier war, drei Jahre, in denen so viel geschehen ist. Es war zwei Monate nach meinem letzten Besuch in Indien, als ich ihn kennengelernt habe. Ihn, den Mann, der eine Frau mit Charme und weichen Worten verführen konnte – und natürlich mit Champagner.

Ich habe einmal einer Freundin den Mann beschrieben, der nie in Frage kommen würde. Rote Haare, grüne Augen, Sommersprossen, Bart und freches Grinsen – und dann war er plötzlich da. Der einzige, der in Frage kommen würde. Mit Sommersprossen und dem ganzen Rest.

Mit einem Charme, für den die Stadt, aus der er kommt, berühmt ist und der eigentlich schamlos ist – und ich bin darauf reingefallen.

Wieso bin ich auf so einen reingefallen? Warum sind wir alle so blöd? Ich glaube, weil wir nur das glauben können, was wir glauben wollen.

Ich tauchte bei meinem Vorstellungsgespräch in meinem professionellen, betont unattraktiven Outfit auf: flache Schuhe, Clark-Kent-Brille und viel zu weiter Pullover. Ich wollte immer dafür akzeptiert werden, was ich kann, und nicht dafür, was die Männer denken, was sie mit mir können. Ich meine nicht, daß ich irgendwie besonders aussehe, aber wenn man sich nicht völlig tarnt, denken sie immer gleich, daß sie einen erobern müssen, und vergessen, daß man eigentlich miteinander arbeiten soll. Und ich wollte nie die dumme Puppe spielen, vor der sie keine Angst haben müssen, um mit dieser Waffe mein Ziel zu erreichen.

Aber er ... Trotz meiner dicken Brille hat er mir zu lange in die Augen geschaut, und das hat mich sehr beunruhigt. Ich bekam die Arbeit bei dem Film, den er machen wollte, und wenig später begannen wir zu drehen. Es war Sommer. Einer von diesen langen, langen Sommern, in denen es nur ab und zu ein Gewitter gibt.

Der Drehort war eine Idylle.

Eine alte Villa in einer der nettesten Gegenden der Stadt. Und so entwickelte sich unsere Beziehung nach diesem zu langen Blick doch noch auf einer rein beruflichen Ebene.

Rein beruflich?

Seine Art, mit dem Team umzugehen: immer diplomatisch und heiter, aber mit einem genauen Wissen von dem, was er wollte. Sein Humor, mit dem er seine Schauspieler verführte, bis sie glücklich waren, das zu tun, was er von ihnen forderte. Es war so angenehm mit ihm, beruflich meine ich.

Und dann doch immer wieder dieser etwas zu lange Blick. »Fall nicht drauf rein«, sagte ich zu mir. »Du bist zufrieden in einer netten ruhigen Beziehung mit einem gefälligen, netten, intelligenten Mann, der, obwohl er ab und zu sein Portemonnaie vergessen hatte, wenn wir essen waren, mich und meine seltsame Art zu leben akzeptiert hatte.

Ja, ich habe eine Schwäche, ich bin ein Reisender, nein, eine Reisende. Und welcher normale Mann mit fünf normalen Sinnen kann mit einer Frau leben, die immer auf dem Sprung ist, plötzlich ihre Tasche zu packen und auf Wochen in ein fernes Land zu verschwinden? Dieser Mann hatte das an mir akzeptiert – also habe ich akzeptiert, daß er etwas vergeßlich war. Er genoß die Vorteile, mit einer unabhängigen Frau zu leben, und wenn ich zurückkam, wartete er am Flughafen. Wir hatten ein unausgesprochenes Übereinkommen. Ich lebte meine Freiheit, und er klaute das Toilettenpapier. Nein wirklich, ich habe ihn eines Tages dabei ertappt, als er dabei war, meine Wohnung mit einer Rolle Klopapier unter dem Arm zu verlassen.

»Die Marke, die du verwendest, kann ich in der ganzen Stadt nicht finden«, sagte er, ohne rot zu werden, und auch das nahm ich hin, solange er bereit war, mich hinzunehmen. Daß ich die Vorratspackung »meiner Marke« im Laden gleich um die Ecke mit ihm gemeinsam gekauft hatte, daran wollte ich ihn in diesem Moment nicht erinnern. Also, jeder versteht, daß man so einen Mann nicht so leicht aufgibt.

Eines Abends saß ich am Drehort und arbeitete mich durch die Szene des nächsten Tages. Irgend jemand hatte für das gesamte Team Schokoladenkuchen gekauft und er, der Regisseur, brachte mir, einem ganz normalen Mitglied des Teams, ein Stück davon auf einem Pappteller. Ich legte meine Arbeit hin, und dann saßen wir still nebeneinander und begannen, den Kuchen miteinander zu brechen.

Wir aßen und schwiegen und schauten vor uns hin in den Garten. Ich war gerade dabei, den leeren Teller neben mich zu stellen, als er plötzlich meine Hand nahm. Ich meine, du nimmst doch nicht einfach die Hand von jemandem, den du nicht magst, oder? Aber vielleicht ist das einfach eine schöne Sitte aus dem Land seiner Väter, ein Ritual, das ganz normal ist in den altmodisch verspiegelten Kaffeehäusern seiner Heimat: nachdem man miteinander Schokoladenkuchen gegessen hat... Wer weiß, was man dort nach einem Stück Kirschtorte macht.

Elektrizität.

Nein, es ist der Kuchen! Ich drehte meinen Kopf und schaute ihn an. O Gott, seine Augen...

»O Mist, ich habe übersehen, daß es schon so spät

ist«, sagte ich. Aber seine Augen sagten: So leicht kommst du nicht weg. »Ich begleite dich zum Auto!«
Ich versuchte zu flüchten. »Das Auto steht gleich auf der anderen Straßenseite.«
»Gut, dann haben wir nicht zu weit zu gehen.«

Nach einer Ewigkeit kamen wir bei meinem Wagen an. Ich durchwühlte meine Tasche auf der Suche nach dem Schlüssel und versuchte dabei, diese Augen zu vermeiden. Aber es gab keinen Ausweg. Und plötzlich fühlte ich seine Arme rund um mich herum.

»Bis morgen«, flüsterte er.
Ja, ja, dachte ich, beim Film verabschiedet man sich eben auf diese Weise.
Ich antwortete ganz locker: »Ja, ja, bis morgen«, und kletterte in meinen kleinen sicheren Fiat.
Uff, das war knapp, dachte ich. Irgendwer in meinem Kopf flüsterte: »Lauf... lauf, bevor es zu spät ist!« Aber das ist nicht ganz so leicht, wenn man jemanden jeden Tag am Drehort trifft!
Ich versuchte, mich darauf zu konzentrieren, was ich für meinen Klopapierdieb an diesem Abend kochen wollte, und hätte gerne vergessen, wie weit alles gekommen war.

Natürlich waren die Gnocchi alla Gorgonzola versalzen an diesem Abend.

Ich saß an dem kleinen runden Tisch in meiner Wohnung und hörte ihm zu, wie er sich über das Abendessen beschwerte. Ich konnte ihm nicht einmal böse sein, da er mich ja nur auf alle meine Fehler aufmerksam machen wollte. Auf das Salz im Essen, meine Frisur und meine Schuhe, die einmal zu hoch und dann wieder zu flach waren. Liebe eben.

Ich saß da und hörte zu, sah vor mich hin und dachte an den Schokoladenkuchen.

War es ein Irrtum, oder fühlte ich wirklich eine leichte Irritation darüber, was ich mir alles in meiner Wohnung nach einem langen Arbeitstag anhören mußte? War nicht ich es, die jeden Samstag vormittag in aller Frühe aufgestanden war, nach einer langen Arbeitswoche, um noch ganz sicher all die Lebensmittel einzukaufen, die ich brauchte, um für meinen Partner in der kommenden Woche jeden Abend kochen zu können, sorgfältig kochen zu können, nachdem ich von meinem Arbeitstag nach Hause gerast war, um ihn nach seiner Pflicht zu verwöhnen?

Ich kaufte Essen, das haltbar war, haltbar bis zum nächsten Samstag, an dem ich wieder aus dem Bett sprang, in dem er sich noch einmal umdrehte – weil das meine weibliche Pflicht war.

War es wirklich meine weibliche Pflicht, mich durch überfüllte Supermärkte zu kämpfen, Seite an Seite mit genauso befreiten, selbständigen, überlasteten Frauen, wie ich eine war? Natürlich auf meine eigenen Kosten, meinen Partner glücklich schnarchend im Bett, damit zumindest er seinen Schlafentzug wieder einholen konnte. Und plötzlich hörte ich eine kleine Stimme in meinem Ohr, die da sagte: »Da stimmt etwas nicht!«

Nein, da stimmte etwas überhaupt nicht. Das konnte nicht das Ziel der Frauenbefreiung sein, in voller Freiheit doppelte Rechnungen zu bezahlen und zusätzlich Kritik für zu weich gekochte Nudeln zu ernten. Und es konnte auch nicht das Ziel sein, daß wir im Freiheitsrausch den BH verbrennen, nur damit wir, wenn unsere Brüste mit vierzig bis zu den Knien hängen, eingetauscht werden gegen zwei junge zwanzigjährige Modelle mit festen Titten. Denn, offen gesagt, darauf läuft es doch immer noch hinaus. Liberal oder nicht liberal, mit vierzig hört der Spaß auf. Und bis zu dem Alter sollte ich dankbar sein, daß ich jemanden gefunden hatte, der es duldete, daß ich meine Reisen selbst finanzierte.

Ich sah ihn an, nachdem er die Gnocchi angewidert zur Seite geschoben hatte, und dachte, irgendwo bin ich falsch abgebogen.

Er ging zum Fernseher, schaltete ein und setzte sich hin, um sich über die Weltpolitik zu informieren. Das war das Signal für mich, mit dem Abwaschen zu beginnen.

Ich blieb sitzen, blieb sitzen, und plötzlich roch ich den Duft des Rasierwassers, das ich an diesem Nachmittag so nahe bei mir gerochen hatte. Das Rasierwasser ... der Schokoladenkuchen ... seine Hand ... Es führte mich zurück zu meinen unterbrochenen Gedanken.

Wogegen haben wir Frauen rebelliert? Wieso wollten wir je den erregenden Zustand, einfach nur Hausfrau zu sein, hinter uns lassen? Wir haben diesen Frieden aufgegeben, damit wir zur Arbeit laufen können, die Rechnungen teilen können, immer noch zusätzlich putzen können, genauso wie früher, nur damit er dich verlassen kann, für eine Sie-braucht-mich-mehr-als-du-

Blondine. Und dann kommt garantiert noch der letzte Satz, mit dem er die Wohnung verläßt, und mit diesem Satz dreht er das Messer in unserem emanzipierten Herzen noch einmal herum, dieser Du-bist-ja-ohnehin-so-unabhängig-Satz, der ihm den Abgang erleichtern soll und den ich nie mehr hören will.

Ich schaute an mir herunter und sah, daß mein Busen nicht irgendwohin herunterhing, aber...

Habe ich wirklich geglaubt, daß mich dieser Zweibeiner dort vor dem Fernseher für meine Seele lieben würde und daß er, wenn Julia Roberts auftauchen würde in ihrem süßen gepunkteten Kleid und den feuchten Lippen, habe ich wirklich geglaubt, daß er dann sagen würde: »Entschuldige, Julia, aber ich liebe meine Freundin«?

Schokoladenkuchen!

Ich fing doch an abzuspülen und setzte mich danach zu ihm aufs Sofa. Ich sah ihn an, wie er so dasaß wie ein selbstzufriedener Ochse, und dachte, wie bequem er es hat. In dieser Nacht hielt ich sein Schnarchen zum erstenmal wirklich nicht mehr länger aus.

Am nächsten Tag bekam ich von den Sommersprossen mit dem frechen Grinsen eine Einladung zum Abendessen.

»Ja«, sagte ich laut.
»Lauf davon, solange es noch geht«, sagte irgend jemand in meinem Kopf.

Ich hab's, dachte ich. Ich werde ihn ganz einfach abschrecken. Er kennt mich bis jetzt nur in meinen alten Bluejeans und meinen ausgetretenen schwarzen Schuhen, die ich mir vor drei Jahren auf Mykonos gekauft hatte.
Ich hatte einen Plan.
Bevor ich den Drehort verließ, sagte ich, daß ich ihn um 20.00 Uhr abholen würde.
»Ist gut«, antwortete er. »Hupe einfach dreimal, dann komme ich.«

Er ist Vegetarier, trinkt keinen Alkohol, trägt Bluejeans und ißt Müsli.

Schocktherapie!

Wahrscheinlich erwartete er, daß ich in Gesundheitssandalen und Latzhose auftauchen würde. An diesem Abend ließ ich mir extra lange Zeit, mich vorzubereiten.

Ich besitze eines von diesen engen, schwarzen,

kurzen Kleidern, von denen man im nachhinein nicht weiß, wie man hineingekommen ist, und die so aussehen, als wären sie einem auf den Körper gesprayt. Wenn das nicht helfen würde, daß er zum Ausgang liefe, dann wüßte ich nicht, womit ich ihn verschrecken könnte. Dazu noch roten Lippenstift – natürlich Paloma Picasso – und etwas viel zuviel Chanel Nr. 5. Das alles sollte genügen, um im Anschluß an dieses erste und sicher auch letzte Abendessen mit ihm ruhig und zufrieden zu meinem Klopapierklauer zurückzukehren.

Ich drückte dreimal auf die Hupe und beobachtete ihn, wie er langsam auf dem Weg vom Haus zu meinem Wagen schlenderte. Im richtigen Moment stieg ich aus und hatte meinen Auftritt.

»Phantastisch«, sagte er. Und noch einmal: »Phantastisch; ja, du schaust phantastisch aus.« Nicht eine Sekunde lang stand das Gegenteil in seinen Augen.
Mist, dachte ich.
»Danke«, sagte ich.

Na ja, ich hatte noch eine zweite Stufe in meinem Plan.
»Ich habe einen Tisch in einem italienischen Restaurant reserviert«, sagte ich. Es war ein absolut übertriebenes 17-Sterne-Restaurant, und ich war

überzeugt, daß er sicher den gemütlichen Griechen um die Ecke vorziehen würde.
»Ich liebe italienisches Essen«, sagte er strahlend, und mir blieb nichts anderes übrig, als mit ihm loszufahren. Wahrscheinlich möchte er spätestens, wenn uns der Ober an den Tisch führen würde, umdrehen, um daheim seine in Öl eingelegten Auberginen zu essen. Ich legte eine Kassette von Prince ein, schaltete auf volle Lautstärke und raste mit weit überhöhter Geschwindigkeit davon. Gemüse-Esser hassen alles, was laut, schnell und sexy ist...

Er sang jede einzelne Note mit, die Prince aus meinem Lautsprecher brüllte.

Irrtum.

Als wir in das Restaurant traten, ging der Besitzer direkt auf meinen Begleiter zu und fragte ihn mit breitem südländischen Lächeln: »Denselben Tisch wie immer?«
»No, Giuseppe«, antwortete der Mann an meiner Seite. »Nicht den gleichen Tisch. Heute nehmen wir den kleinen dort am offenen Fenster. Die Nacht ist so mild...«

Ich schaute ihn an, fassungslos.
»Toll, wir haben den gleichen Geschmack in Restaurants«, sagte er lächelnd.

»Ja ... scheint so ... ha, ha.«

Dieser Mann ißt nicht nur Vollkornbrot mit Landbutter, erkannte ich, als wir uns setzten. Dabei hatte ich immer gedacht, ich sei die einzige, die »Vogue« und »Esotera« gleichzeitig kaufen würde. Ich war gewohnt, daß mich die Menschen entweder für die eine Seite mögen oder für die andere. Aber für beide Seiten in mir? Wir haben viel gelacht an diesem Abend. Lebensgeschichten erzählt, Lebensgeschichten angehört. Irgendwann war es spät geworden. Er küßte mich vor seiner Tür auf die Wange, und ich ging zurück zu meinem Schnarcher. Ich hatte nicht die Zeit gehabt, ihm zu sagen, daß ich für diesen Abend eine Verabredung hatte, sondern nur einen Zettel auf den Tisch gelegt, auf dem stand »Pizza ist im Kühlschrank«.

Das Licht brannte noch.

Ich schätze, es ist Zeit für mich zu erklären, warum so viel Salz in den Gnocchi war, dachte ich. Ich könnte immer noch sagen, daß ich bei Carla war. Nein, schau der Wahrheit ins Gesicht! Das Schlimmste, das passieren konnte, ist, daß ich schnarchfreie Nächte haben würde.

Das erste, worauf mein Blick fiel, waren die von

Pizzaresten verschmutzten Teller. Na ja, er hat wenigstens seinen Appetit nicht verloren, dachte ich. Das zweite war er: glücklich vor dem Fernseher sitzend, kaum wahrnehmend, daß ich in meine Wohnung zurückgekehrt war.

Es gibt Momente im Leben, die sind wie russisches Roulette: heiß oder kalt, schwarz oder rot, weich oder fest.

Ich entschloß mich, auf den Abzug zu drücken und die Wahrheit zu sagen.
»Es tut mir leid, aber ich verliebe mich gerade in meinen Regisseur und ich möchte, daß du die Wohnung verläßt!«
Um die Wahrheit zu sagen, ich hatte das Gefühl, daß es mir gelungen war, ihn ein wenig zu überraschen. Er war sich völlig der Tragweite meiner Worte bewußt. Wer würde sich am Samstag für ihn im Supermarkt drängeln, wer würde kochen für ihn, wer seine Hemden bügeln? Ja, es könnte tatsächlich sein Herz brechen. Er ging zum Ghetto Blaster, zog den Stecker aus der Wand und begann, die Verbindungsdrähte langsam um die Lautsprecherboxen zu wickeln. Er griff zu einem Haufen von Kassetten, die mir gehörten, zog seine Jacke an, warf seine, das heißt meine Wohnungsschlüssel auf den Boden, und mit dem Radio unter dem Arm und einem letzten haßerfüllten Blick

sagte er: »Ruf mich an, wenn du wieder bei Sinnen bist.« Dann warf er die Türe hinter sich zu.

Ich atmete tief und erleichtert auf, als er aus der Wohnung draußen war, und überlegte, ob mir die romantischen Minuten in verschwiegenen Restaurants sehr fehlen würden, in denen beim exakten Teilen der Rechnung der Satz zu hören war: »Du hattest zwei Gläser Roten, ich nur eines.«
Ich sah tief in mich hinein und kam zu dem Ergebnis, daß sie mir nicht fehlen würden. In dieser Nacht schlief ich unwahrscheinlich ruhig und lang und gut. Plötzlich schreckte ich aus dem Schlaf hoch, als ich seine Stimme auf dem Anrufbeantworter nach dem Pfeifton sprechen hörte. Kurz durchgeschüttelt erinnerte ich mich an den Abend. Oh, mein Gott, dachte ich. Vielleicht hätte ich eine Zeitlang warten sollen. Dann sagte er: »Du machst einen großen Fehler. Nur ich kann mit dir und deiner extravaganten Art leben. Aber ich bin bereit, dir eine zweite Chance zu geben.«
Oh, dachte ich, jetzt oder nie!
»Du weißt, ich liebe dich.«
Mein Herz fing an zu schmelzen. Ich ging zum Telefon und wollte eben den Hörer abnehmen, als ich folgendes zu hören bekam: »Übrigens, du hast noch Sachen von mir in der Wohnung: meine Rasiercreme, einen Suppentopf und ein Paar grüne Socken.«

Ich ging ins Badezimmer, um meine Zähne zu putzen. Ich nahm seine hellblaue Zahnbürste und warf sie in den Abfalleimer.

Die nächsten Tage waren voll von langen Blicken, heimlichen Küssen zwischen abgedrehten Szenen und langen, langen Gesprächen bis tief in die Nacht... Spaziergänge bei Mondenschein in den Parks der Stadt... Schwüre von ewiger Liebe, die ich erwidert habe... Er hatte mein Herz berührt... Er hatte meine Seele berührt, und jedes Warnsignal, das in mir auftauchte, schob er zärtlich beiseite.

Ich war bezaubert. Da war ein Mann, der mich für mich liebte und nicht für mein Klopapier. Die Tage flogen vorbei wie unsere Gespräche: leicht, heiter, voller Freude. Die Nächte waren erfüllt von warmer, zärtlicher und leidenschaftlicher Liebe. Wir wurden unzertrennlich, ja, es wurde uns fast unmöglich, auch nur eine Minute ohne den anderen zu verbringen. Völlig unvorstellbar war der Gedanke, eine Nacht ohne ihn zu sein, ohne seine Wärme, ohne seine Liebe.
Meine Freunde erkannten mich nicht wieder: »Was, du bäckst Brot?«
»Ja«, antwortete ich. »Ich backe Brot, was sonst?«

Ich war in einem harmonischen, hypnotischen Zustand – so etwa, wie sich ein Sanyasi fühlt, nachdem ihm Baghwan mit einem Druck seines Daumens die Erleuchtung in das dritte Auge gedrückt hatte: Das Ergebnis waren glänzende Augen voller Lachen, kein Gehen mehr, sondern ein Schweben in Levitation.

Liebe.

War das Liebe, echte Liebe? Dieser Hurensohn! Seine zarten Gespräche, seine Versprechungen, seine Schmeicheleien ... alles Lüge!

Wahrscheinlich hatte er ein kleines Buch mit dem Titel »Wie mache ich in zwei Wochen aus einer Frau einen Vollidioten?«, und ich bin darauf reingefallen.
Aber seine Augen ... diese Augen ... War das wirklich alles eine Lüge?
Alles eine Lüge, auch das erste gemeinsame Wochenende auf dem Land, damals ...

Wir sind an einem Freitag abend nach unserer Arbeit losgefahren. Matt Bianco spielte im Radio. Wir fuhren über die schmale Landstraße, die Fenster unseres Wagens waren offen, und der Sommerabend war weich und warm. Wir schwebten durch die hügelige Landschaft, in der diese kleinen alten Bauernhäuser stehen mit ihren Fenstern, vor denen rote dicke Blumen hängen. Wir fuhren an den einsamen, weißgelben Kirchen vorbei, mit ihren hohen schmalen Türmen, vorbei an den weiten offenen Feldern – und dann lag er vor uns, dieser unglaubliche, atemberaubende Blick auf die Berge, die genau an der Grenze liegen und auf uns warteten.

Das Zimmer roch nach Holz und Teer. Die Dekken auf dem Bett lagen da wie riesige, weiche, weiße Sommerwolken ... Es war Liebe.

Vor dem Essen sind wir am See entlang spaziert und haben uns umarmt und geredet. Wir hatten das Gefühl, daß wir uns all die Jahre erzählen mußten, die wir irrtümlicherweise alleine verbracht hatten. Wir entdeckten so viele Ähnlichkeiten in unseren Geschichten und in unseren Herzen, daß es für uns völlig normal wurde, alles vom anderen zu wissen. Ja, eigentlich hatten wir es schon immer gewußt.

Es war, als wäre plötzlich die Türe aufgegangen. Die Türe, die jeder von uns in sich hat, und hinter der der größte Wunsch wohnt: die Sehnsucht nach Liebe. Und plötzlich ging diese Türe auf und plötzlich war alles da wie ... wie ... wie in Hollywood.

O mein Gott, stop, paß auf, das ist vielleicht alles nur ein Spiel!

Ich überließ ihm beim Abendessen die Bestellung; etwas, was eine befreite Frau wie ich nicht tut, und war eigentlich überhaupt nicht mehr überrascht, als er genau das bestellte, worauf ich an diesem Abend Lust hatte. Danach saßen wir bei Kerzenlicht auf der Terrasse, sahen hinaus auf den See und liebten uns. In dieser Nacht waren wir im Bett noch enger zusammen als je zuvor, noch zärtlicher, noch vertrauter.

Er war ein Romantiker, ein absoluter Romantiker... Immer gab es eine kleine Rose auf dem Kopfkissen oder ein Herz auf dem Badezimmerspiegel. Natürlich mit meinem Lippenstift gemalt...

Er tat all die Dinge, auf die wir Frauen von heute schon lange nicht mehr reinfallen und nach denen wir uns in Wahrheit noch immer sehnen.

Die Wochen gingen vorbei, Wochen voller Zärtlichkeit. Wir versuchten beide, die Frage zu vermeiden, die eines Tages kommen mußte und die lautete: Leben wir in deiner Wohnung oder in meiner?

Es war mir klar, daß es für ihn und seinen Beruf wichtig war, in seiner Stadt zu bleiben und zu arbeiten. Was tut also eine selbständige freie Frau in so einem Fall? Ich fing an, mich langsam, aber sicher, Schritt für Schritt, von meinen Freundinnen und meiner Stadt zu verabschieden. Ich habe mich oft über die Stadt, in der ich lebte, beschwert, aber im Sommer glüht die Sonne doch wunderschön an den Hauswänden und meine Freundinnen sind ... sind ...

Normalerweise verbrachte ich den Winter irgendwo in Asien, nachdem ich erkannt hatte, daß Schnorcheln im Rhein am 12. Dezember weniger reizvoll ist als auf den Philippinen.

Dieses Jahr wird es anders sein. Weihnachten. Weihnachten bei ihm, in seinem Land. Er hat mir so viel erzählt vom Weihnachtsmarkt in seiner Stadt, vom großen Dom, von tausend Lichtern, von einem offenen Kamin, von gebratener Ente ... Aber ein kleines Detail hatte er völlig vergessen zu erwähnen, seinen Freund, seinen lieben süßen Freund Karl-Heinz.

Karl-Heinz hat vor ungefähr zwei Reinkarnationen aufgegeben, am Leben zu sein.
Er war häßlich, er war faul, er war dick, und er war vulgär. Aber er war auch der beste, liebste Freund von meinem Liebsten, also liebte ich ihn.

Karl-Heinz wohnte in einem ungewöhnlich häßlichen Teil der Stadt, wo die Worte »Bäume« und »Gras« absolute Fremdworte sind. Er war nicht verheiratet, er war nicht geschieden, er war nicht verlobt und schon gar nicht verliebt. Aber jeden Freitagabend kam Gertrude zu ihm.

Jeden Freitagabend besuchte sie ihn zwischen 18.00 Uhr und 22.00 Uhr. Sie war glücklich verheiratet und hatte zwei Kinder. Aber an jedem Freitag wußte ihr Mann, daß sie ihren Blumensteck-Kurs besuchen mußte. Mit ihren Freundinnen, am Stadtrand, in einem Haus, in dem es kein Telefon gab.

Es schien ihn nicht zu verwundern, daß es nach zehn Jahren Blumensteck-Kurs immer noch eine weitere Variante in der Kunst des Blumensteckens zu erwerben gab. Okay, das geht mich nichts an. Karl-Heinz war zufrieden, und Gertrude fand die Abwechslung, die sie brauchte.
Ich denke, ich war die einzige, die das alles doch etwas merkwürdig fand. Aber bevor ich an dieser Erinnerung hängen bleibe... hängen bleibe... hängen bleibe... O Gott, was für ein Wort! Diese Worte gab es nicht in den ersten Tagen und Wochen in meinem neuen Zuhause.

Meine Tage waren damit ausgefüllt, mich an meine neue Umgebung zu gewöhnen. Wir wohnten in seinem Haus, das von einem großen verwilderten Garten umgeben war. Ich verbrachte meine ersten Monate damit, die weibliche Hand hervorzuholen und alles damit zu berühren. Ich kaufte Töpfe, Pfannen, nähte Bettzeug und Vorhänge. Es begann, gemütlich zu werden. Wir saßen am Abend vor dem offenen Kamin, Kerzen brannten, und wir tranken alten roten Wein... Ja, es war ganz sicher total verschieden von dem Leben, das ich bis dahin geführt hatte.

Plötzlich stand ich in einer Küche und beobachtete mich, wie ich rührte und kochte und es ganz einfach liebte, wenn er neben mir stand, um mir zu helfen, und mich dabei zart in den Nacken küßte. Wie hatte ich es geschafft, so viele Jahre ohne ihn zu sein? Ich war sehr glücklich.

An einem unserer ersten Abende saßen wir wie Doris Day und Rock Hudson vor dem lodernden Feuer, als er mir plötzlich ein kleines Geschenk überreichte. Ich öffnete die Verpackung, und vor mir lag ein wunderschönes Silberarmband. Ich war sprachlos.

Männer tun so etwas nicht mehr heutzutage. Und vor allem sagen sie nicht den Satz: »Du mußt nie wieder in deinem Leben arbeiten; ich bin hier, um für dich zu sorgen, weil ich dich liebe.«

Ich war sprachlos, überrascht und natürlich ge-

schockt. Ich brauche nicht zu arbeiten? Nicht zu arbeiten? Was soll das heißen? Soll ich von jetzt an jemanden um Geld bitten müssen, um mir ein neues Rouge kaufen zu können?
»Ich weiß nicht, ob ich das kann, oder, nicht arbeiten, meine ich.«

»Mißversteh mich nicht; ich meine nur, wenn du das Gefühl hast, daß du nicht arbeiten willst, dann mußt du es nicht mehr tun. Nur wenn du nicht willst, nur dann, meine ich. Nur dann, nie wieder!«

Diese Ewigkeitsversprechungen, ich habe ihnen mißtraut, aber ich habe sie geliebt.

Welche normal desillusionierte Frau würde so etwas nicht lieben? Ich war wie ein Kilo Butter vor diesem Kamin und begann, langsam hinwegzuschmelzen.
So, aber jetzt – Weihnachten!
Weihnachten kommt nur einmal im Jahr.

Dieses verdammte Weihnachten.

Ich habe den ganzen Abend damit verbracht, liebevoll Geschenke einzupacken, liebevoll das Essen vorzubereiten, liebevoll die Kerzen auf den Baum zu stecken – als Karl-Heinz plötzlich bei uns auftauchte, völlig betrunken.

»Gertrude, Gertrude«, schrie er immer wieder lauthals vor sich hin, und mein Liebster versuchte alles, um ihn zu beruhigen.

»Der Supermarkt, der Supermarkt, in dem ich meine schöne Gertrude vor zehn Jahren zum erstenmal getroffen habe«, schrie er weinend. »Ich gehe heute in den Supermarkt, um Marillenknödel zu kaufen, und wen sehe ich da, meine schöne Gertrude mit ihrem »Ich-bleibe-nur-bei-ihm-wegen-der-Kinder«-Mann und mit einem Ausdruck in den Augen, bei dem fast die Kühltruhe geschmolzen wäre. Diese Kuh, diese blöde Kuh! Wie konnte sie mich nur so betrügen?«

»Aber es ist doch ihr eigener Ehemann«, murmelte ich im Hintergrund und sah zu, wie die Kerzen langsam am Baum herunterzuschmelzen begannen.
»Das ist noch schlimmer, wie konnte sie mich für ihn betrügen?«
»Wie konnte sie ihn betrügen für dich!« antwortete ich. Er schaute mich an, mich, die Frau, den Feind, und griff zu der Weinflasche, die auf dem Tisch stand und darauf wartete, langsam Zimmertemperatur zu bekommen. Er nahm einen tiefen Schluck direkt aus der Flasche. Eine Gewohnheit, die ich immer an ihm gehaßt habe. Ich denke, er wußte, wie sehr ich das gehaßt habe, und hat

es deswegen immer wieder vor meinen Augen getan.

»Ich habe ihr diese Kassette von Al Jolsen gekauft«, sagte er. »Al Jolsen ›You made me love you‹ – das erstemal, als sie bei mir war, habe ich sie ihr vorgespielt, und sie ist dabei geschmolzen, und dann haben wir uns auf meinem aufklappbaren Sofa geliebt, und immer wieder unser gemeinsames Lied ›You made me love you‹ ... Und er sang es für sie über die Kühltruhe hinweg, und sie glotzte ihn so tief mit ihren romantischen Kuhaugen an, daß sie mich nicht einmal bemerkt hat.«

Er nahm noch einen tiefen Schluck, die Kerzen waren inzwischen völlig abgebrannt, und ich ging zum Kamin, um Holz nachzulegen.

»Aber du hast doch immer gesagt, daß du sie ohnehin nicht liebst und daß für dich alles völlig in Ordnung ist, so wie es ist«, versuchte mein Geliebter seinen Freund zu beruhigen.

»Das ist wahr, ja, es ist wahr, aber trotzdem, wie kann ich noch einen einzigen Freitag mit einer Frau verbringen, von der ich weiß, daß sie mit ihrem Ehemann Eiscreme ißt, während sie mit ihm bumst, und im Hintergrund spielt unser Lied?«

»Ach komm«, sagte ich, und versuchte, ein Glas unter seine Nase zu schieben. »Es war nur der Um-

stand, daß du plötzlich den anderen dreidimensional vor dir gesehen hast.« Jetzt trank er die Flasche in einem letzten Schluck leer und ignorierte damit konsequent meine Versuche, einen Gentleman aus ihm zu machen.
»Alle Frauen sind blöd, blöd, blöd«, schrie er sternhagelvoll. »Blöd, Sex ist blöd, Liebe ist blöd, alles nur Verschwendung von Energien. Ich gebe auf!«

Na ja, wir werden einen schönen Weihnachtsabend haben, dachte ich mir und ging in die Küche, um das Essen zu überwachen. Im Hintergrund hörte ich ihn weiter grölen. »Das ist das einzige, was die können, kochen, das ist das einzige, was sie können, und selbst dann sind sie nicht so gut, wie ein Mann! Wer sind denn die besten Köche der Welt, wer denn, wer denn? Alles Männer, alles Bocuse, Bocuse!«

Ich schaltete das Radio in der Küche an, damit ich seine Meckereien nicht mehr länger anhören mußte. »Stille Nacht, heilige Nacht.« Ach ja, stille Nacht, dachte ich und flog mit meinen Gedanken nach Hause ...

Ich komme aus einer großen Familie. Und in einer großen Familie hört man an diesem Tag viel Flüstern und das Rascheln von Papier in den Zimmern. Überall werden Dekorationen aufgehängt;

den Zwillingen fällt jedes Jahr eine neue Überraschung ein, wie in dem Jahr zum Beispiel, in dem ich ein Paket bekommen habe, das einen Meter groß war. Und darinnen war noch ein Paket, und darinnen noch eines, und darinnen noch eines, bis zum Schluß eine kleine Schachtel auftauchte, in der ein Paar Ohrringe lagen – aber bis dahin war das ganze Zimmer voll mit Lachen, Freude und Geheimnis.

Und jetzt war ich hier mit meiner großen Liebe und mußte erkennen, daß mein Truthahn zu einem Nichts verbrennen würde – mit dem Gebrüll eines betrunkenen Freundes im Hintergrund, der sich über etwas beschwerte, was er schon immer gewußt hatte.

Weihnachten ist immer eine Zeit, in der man über die vergangenen Weihnachten nachdenkt. Ich versuchte, auf die »Bright side of life« zu schauen und rührte weiter in der Soße, die ich über den Truthahn schütten wollte. Mein Geliebter kam in die Küche, schloß die Tür hinter sich und hatte in seinem Blick nur ein einziges Wort, als er meine Hände nahm: »Entschuldigung.«

»Er ist mein bester Freund, und heute abend braucht er mich«, sagte er, und ich verstand.

Der Freund.
Jeder Mann hat einen Freund oder eine Mutter oder einen Hund. Die einzige Frage ist nur, inwieweit man den anderen erlaubt, das eigene Leben zu stören, und... Ja, wenn ich ehrlich bin, dann hätte ich es lieber gehabt, an diesem Abend eng umschlungen mit meinem Liebsten vor dem geschmückten Baum zu sitzen, die Köpfe aneinanderzulegen und den Spiegelungen in den Kugeln zuzusehen und ihn dann vielleicht zu lieben.

Es ist schwer, das zu tun, wenn der liebste Freund ununterbrochen damit beschäftigt ist, von einem Fernsehkanal auf den anderen zu schalten, und dazu laute Kommentare abgibt, wie sehr er sich schon auf Silvester freue, an dem wieder einmal »Dinner for one« zu sehen sein werde, oder, besser gesagt »Dinner for three«, weil »Dinner for two« komme offensichtlich nie mehr in Frage.

Ach, wie schön war dieser Weihnachtsabend mit all den wunderbaren Gesprächen über Fremdgehen und Geliebte, die eigentlich Ehefrauen sind, und so weiter und so fort. Der Tisch wurde voller und voller mit leeren Flaschen und überquellenden Aschenbechern, und die Stimmen der Gesprächsteilnehmer wurden immer lauter und immer aggressiver.

Nein, bitte nein! Wir müssen reden, dachte ich, so kann es nicht weitergehen!

An diesem Abend ging ich sehr früh schlafen. Ich kroch unter die Decke, warf die Rosen aus dem Bett, die mein Einzigster für uns auf die Kissen gelegt hatte und die im Laufe des Abends braun geworden waren. Ich reagierte nicht, als er zu mir kam und mich küßte, und irgendwann fühlte ich, daß er auf seiner Seite eingeschlafen war.

Am Vormittag wachte ich von dem wunderbaren Klang eines Hustens auf, vom Klang eines tiefen, bellenden Raucherhustens und von dem Geräusch eines Glases, das umkippte und zerbrach. Karl-Heinz hatte im Wohnzimmer auf dem Sofa geschlafen.

Der erste Weihnachtstag, dachte ich, als ich mich umdrehte und meine schlafende Schönheit neben mir ansah.

Ich liebe diesen Mann, seine Lippen, seinen Geruch, seine Zärtlichkeit, alles an ihm, nur nicht seinen Freund Karl-Heinz.
Bin ich eifersüchtig, will ich ihn nur für mich haben?

Denk an deine indische Seite in dir, laß dir Zeit, und alles wird gut. Sei zärtlich, sei liebevoll, mach keine Szenen, zeige Verständnis ...

Ich küßte ihn leicht auf den Mund. Seine Augen

wachten langsam auf, er lächelte mich an mit seinem warmen, schönen »Alles-was-ich-brauche-bist-du«-Lächeln. »Ich werde das Frühstück vorbereiten«, sagte ich. »Karl-Heinz ist auch schon wach und, ah ja, bevor ich es vergesse ... ich liebe dich!«

Heute, heute wird alles anders. Ich habe ihm eine indische Weihnachtsüberraschung vorbereitet.

Bibenka.

Bibenka. Das heißt, Stunden voller Vorbereitung, voll geheimnisvoller Vorbereitung. Diese süße Delikatesse besteht aus unendlich vielen Schichten. Kokosnüsse, Eier, Honig, Milch, Rosinen, Pistazien, Zimt, Vanille, Muskat ... Ein echter Liebeskuchen.

Vierundzwanzig Stunden dauert es, diese Liebeserklärung vorzubereiten, weil jede einzelne Schicht abkühlen muß, bevor man die nächste Etage auflegt. Gleichzeitig darf keine Ebene länger als eine Stunde kühlen, und das alles über einen ganzen Tag lang.

Ich hatte es ganz weit hinten im Kühlschrank versteckt, damit er es nicht vor Weihnachten finden konnte.

Ich ging ins Badezimmer und zog mich an. Als ich in die Küche kam, sah ich gerade noch, wie Karl-Heinz, der in einem Morgenmantel vor dem Kühlschrank kniete, den letzten Rest Bibenka aus der Schüssel leckte.

»Merry Chrismas, mein Engelchen«, sagte er mit Teigresten um seinen Mund. »Wunderbar hat das geschmeckt... Was war denn das?«

»Ach, das war nur ein Instant-Pudding aus dem Supermarkt«, sagte ich und blickte mich in der Küche um, ob nicht irgendwo ein Handtuch hing, in das ich beißen konnte.

In diesem Moment wußte ich, daß ich den Beginn einer großen Freundschaft miterlebte.

Ich holte einen Topf aus dem Regal und fing an, die Eier von glücklichen Hühnern hineinzulegen. »Wie lange soll ich deine Eier kochen«, fragte ich Karl-Heinz. »Vier Minuten«, sagte er, und dabei lächelte er entspannt und froh darüber, so verwöhnt zu werden. Ein Bild zuckte durch meinen Kopf. Plötzlich hielt ich ein Messer in der Hand. Ein langes, spitzes, glänzendes, scharfes Messer. Ich öffne seinen Morgenmantel, schneide ihm seine Eier ab, werfe sie in den Topf und koche sie nicht länger als vier Minuten.

In dem Moment kam mein Prinz zu mir in die Küche. »Guten Morgen, guten Morgen, guten Morgen«, wiederholte Karl-Heinz wie eine Platte mit einem Sprung in der Rille. »Ich bin so froh, daß wir einander haben, so froh, daß wir einander haben«, lief die Platte weiter. »Ich habe einen wahnsinnigen Hunger«, flüsterte mein Geliebter in mein Ohr, während ich langsam das Messer in das Brot drückte und zu schneiden begann. Hin und her, hin und her, hin und her.

Ich habe meinen indischen Vater nie wütend gesehen, nie, nicht ein einziges Mal! Na ja, er war auch nie Karl-Heinz begegnet.

Irgendwann saßen wir dann doch beim Weihnachtsfrühstück zusammen, und es gab gekochte Eier und Brot.

»Du ißt so wenig heute«, sagte mein Liebster zu Karl-Heinz.« »Noch einen Toast?«

»Nein, nein, ich muß auf meine Linie achten«, antwortete sein bester Freund und schüttete einen Löffel Zucker nach dem anderen in seinen Espresso.

Nach Silvester wurde alles noch schlimmer. Karl-Heinz hatte niemanden mehr, mit dem er seinen Freitag feiern konnte. Also war es selbstverständlich, daß mein Geliebter ihm jedes Wochenende über den Entzugsschmerz hinweghelfen mußte.

Alle Beteiligten waren sich einig darüber, daß ich nichts dagegen haben konnte. Hatte ich nicht meinen Mann von Sonntag bis Freitag ganz für mich allein? Na eben.

Nichts dagegen, allein zu sein, aber natürlich hatte ich nichts dagegen, ich hatte ja massenhaft zu tun. Ich konnte Selbstgespräche führen, »Krieg und Frieden« zum drittenmal lesen, ich konnte Familien-Rate-Quiz-Shows im Fernseher verfolgen, Chips essen, und bevor ich zu Bett ging, konnte ich singen »the bed ist to big without you«.

Wenn man auf dem Land lebt, abseits der großen Straßen mit einer halben Stunde Fußweg zum nächsten Dorf, ist es nicht sehr einfach, nette Freunde kennenzulernen. Ich kannte keinen einzigen.

Bis zu diesen Wochen nach Neujahr war ich wirklich zufrieden gewesen, eine »Super-Kleber-Egoismus-zu-Zweit«-Beziehung zu leben.

Aber plötzlich fing ich an, mich einsam zu fühlen. Einsamkeit ist eine Krankheit. Anstatt sie dich treibt, in die Außenwelt zu gehen, stößt sie dich in dein schwarzes Alleinsein mit dir selbst.

Der Name Karl-Heinz fing an, wie Salz auf einer offenen Wunde zu sein. Aber, na ja ... Da waren nicht nur die Wochenenden, da waren auch die Wochen, die Wochen, in denen er zusätzlich zum Wochenende Karl-Heinz zwei- oder dreimal, höchstens viermal zum Abendessen oder auf einen Kaffee treffen mußte. Ich fing an, für die Zeiten zu leben, in denen wir ausnahmsweise allein waren. Aber keine Sorge, jeden Abend kam genau zu dem Zeitpunkt, an dem ich das Essen auf den Tisch stellte, sein Anruf, nur um mitzuteilen, daß er noch nicht Selbstmord begangen habe.

Mit dem Kopf in die Hände gestützt hörte ich meinen Liebsten im Nebenzimmer telefonieren und sah zu, wie mein »coq au vin« langsam eiskalt wurde, und nach einer Dreiviertelstunde trug ich den Topf mit verständnisvollem Lächeln zurück in die Küche, um alles wieder aufzuwärmen.

Habe ich jemals gesagt: »Stop, jetzt reicht's?«

»Dieses Wochenende gehe ich mit Karl-Heinz bergsteigen«, sagte mein Lebenspartner plötzlich an einem Donnerstag abend. Freitag abend, okay, Samstag abend, okay, aber ein ganzes Wochenende?

»Wir müssen endlich eine Wohnung in der Stadt mieten«, sagte ich und hatte damit endlich ausgesprochen, was ich schon seit langem gedacht hatte. »Vielleicht könnte ich dann endlich eigene Freunde finden.«

Ohne zu zögern sagte er »ja« zu diesem Plan und überraschte mich wieder einmal durch seine Schnelligkeit und seine Entschlußkraft im richtigen Moment.

Ja, das ist es, dachte ich, das ist die Rettung. Ich brauche Menschen, ich liebe es, viele Kontakte zu haben, ich ... O Gott, laß es klappen!

Die nächsten Wochen waren voller Pläne.
Wir besuchten alle Immobilienmakler in der Stadt und erklärten ihnen, was wir wollten. Jeden Tag

sahen wir uns zwei oder drei Wohnungen an und wollten schon aufgeben, als eines Tages beim Frühstück das Telefon klingelte. Der Makler lud uns ein, eine Wohnung im Zentrum anzuschauen. Wir wappneten uns gegen die üblichen Enttäuschungen und fuhren los, um auch diese vier Wände von der Liste abzuhaken.

Es war perfekt, perfekt, gemütlich, freundlich, hell... Genau das, worauf wir gewartet hatten.
Jetzt wird alles gut, dachte ich – ein bißchen zu früh!

Die nächsten Monate verbrachten wir damit, Messer, Gabel, Scher' und Licht zu besorgen und unser Nest auszubauen. Endlich waren wir fertig. Die Farbe der Wände war wie zartes Aprikoseneis, die Küche ein eigenständiges Kunstwerk. Wir stellten alte, viel gelebte Holztische und Stühle hinein, auf denen schon Generationen vor uns ihr Brot geteilt hatten, und lebten und lebten und lebten. Nichts war am falschen Platz und sogar vor einer Kuckucksuhr schreckten wir nicht zurück, um unser kleines Paradies perfekt zu machen.

Wir waren mit allem versorgt, was man in unserem Jahrhundert braucht, um einen Tag zu überleben. Radio, Telefon und natürlich auch ein Anrufbeantworter, das neueste, modernste Modell, das alle

Tricks beherrschte... Das Modell, das unser Leben eines fernen Tages völlig verändern würde.

Unsere Romanze ging weiter. Unsere Liebe wurde größer, und gerade, als ich dachte, daß wir die richtige Abzweigung erreicht hatten, fing das ganze Spiel vor vorne an.

»Jetzt, wo wir ohnehin in der Stadt wohnen, und es so viele Möglichkeiten für dich gibt, Menschen kennenzulernen und Abwechslung zu haben, werde ich die Wochenenden bei Karl-Heinz verbringen. Du wirst sehen, das wird uns helfen, unsere Sehnsucht niemals sterben zu lassen.«
Oh, dachte ich, warum bleibst du nicht gleich bei mir. Dann mußt du keine überflüssige Sehnsucht haben, oder? »Ja, ja, das klingt ganz gut, sagte ich... und überlegte, wie oft man »Die Brüder Karamasow« lesen konnte.

»Ich werde dich jeden Abend anrufen«, sagte er.
»Oh, wie nett«, hörte ich mich mit einer eigenartig sarkastischen Stimme antworten. Er bemerkte die Schwingung in meinem Ton und wurde sauer.

Da, endlich! Jetzt hatten wir ihn, unseren ersten Streit. Ich hatte es immer gehaßt zu streiten. Ich hatte immer versucht, so etwas zu vermeiden.

Aber diesmal hatte ich meine Geduld endgültig verloren und fand diesen Kampf zwischen mir und Karl-Heinz ganz einfach lächerlich.

»Was ist so Besonderes an deinem Wochenende mit Karl-Heinz?« fragte ich ihn endlich.
»Männer, ein Abend mit Männern.«
»Ein Abend mit einem Mann, der es aufgegeben hat, davon zu träumen, mit einer Frau glücklich zu werden!«
»Wir verbringen unsere Abende nicht mit Geplapper über Frauen«, antwortete er.
»Also worüber sprichst du mit ihm, was ist so Besonderes an euern Gesprächen, daß du sie nicht mit mir führen kannst?«
»Frauen!« schrie er. »Nie sind sie zufrieden, wenn sie dich nicht mit Haut und Haar besitzen. Sie wollen alles von dir, alles, alles, alles ... Sie lassen dir nicht den kleinsten Rest für dich selbst, und wenn du nur einen Zentimeter weit in eine unkonventionelle Richtung fährst, wirst du dafür sofort fertiggemacht!«
»Warte eine Sekunde, warte eine Sekunde«, rief ich in dem hilflosen Versuch, mich selbst in Schutz zu nehmen. »Ich bin offen für alles, für alles, aber ich glaube, ich... ich verstehe das alles einfach nicht. Warum?«
»Und bloß, weil du es nicht verstehst, heißt das, daß es falsch ist?«

»Hör zu, du lebst fast die ganze Woche für deinen Beruf, und die paar Chancen, die wir haben, alleine zu sein, verbringst du lieber mit einem dikken, häßlichen, chauvinistischen Schwein, das nicht einmal gelernt hat, ein paar Blumen mitzubringen, wenn er uneingeladen zum Essen auftaucht, der kaum nüchtern ist und selten einen intelligenten Satz herausbringen kann. Und ich soll einen Sinn in dieser Männerfreundschaft sehen? Mir reicht's. Ich verlasse dich und fahre zurück, wo ich hergekommen bin und wo man mich versteht. Dann kannst du auch von Montag bis Freitag deine Männergespräche führen!«

»Dann geh. Geh zur Hölle von mir aus. Hau doch ab, du bist genauso wie alle anderen Frauen, keine von euch ist mit dem zufrieden, was man ihr von Herzen geben kann. Alle wollt ihr einen einsperren und anketten. Geh doch! Geh zurück zu dem Klopapierdieb, wenn es so viel besser war mit ihm!«

»Ich hätte dir das nie erzählen sollen«, schrie ich. »Nie! Aber so schlimm war es auch nicht mit ihm! Wenigstens verbrachte er seine Abende mit mir und nicht mit einem blöden Alkoholiker, der nach 21 Uhr nicht einmal mehr seinen Namen buchstabieren kann!«
»Oh, ich bin ganz sicher, daß er mit offenen Armen zu dir zurückkriechen wird!

Mach niemals einen Mann für dein Glück zuständig, dachte ich.
Ich schaute ihm zu, wie er seine Tasche zusammenpackte und sah aus den Augenwinkeln ein Buch in unserer Bibliothek stehen. Es war Dostojewskis »Der Idiot«.
Weglaufen, einfach weglaufen, dachte ich. Ich packe einfach mein Auto voll und fahre los, zurück ... Zurück in meine Welt. Zurück zu meinen Freundinnen, um zu reden, zu weinen, um verstanden zu werden – oder bleibe ich doch? Ich bleibe hier, und fahre morgen, dachte ich.

Ich stellte mir vor, wie er am Wochenende erleuchtete Gespräche mit Karl-Heinz führte. Wütend, über alles Weibliche schimpfend und ohne zu bemerken, was er zu verlieren begann, und ich sah den versteckten, zufriedenen Ausdruck auf dem Gesicht von Karl-Heinz. Karl-Heinz war viel zu schlau, um direkt über mich zu schimpfen. Er würde statt dessen sagen: »Aber sie ist doch so ein Engel, du mußt Verständnis haben für ihre Launen, alle Frauen haben Probleme mit den Hormonen, wenn die Regel kommt, nicht?«

Wenn er mich wirklich liebt, dachte ich, kann nichts und niemand jemals zwischen uns kommen ...

Was ist es eigentlich, das uns zu einem anderen Menschen hinzieht? Sind es die Qualitäten, die der andere hat und die dir fehlen, oder sind es die Ähnlichkeiten, die euch beide verbinden?

Ich liebte seinen Humor und seine hemmungslose schauspielerische Begabung, die er an den Tag legte, wenn wir miteinander lachten und uns stundenlang Witze erzählten und vorspielten. Und obwohl er manchmal ein wenig zu eingebildet war, hatte er doch einen unverschämten Charme, den sogar seine Feinde an ihm lieben mußten. Nein, nicht Feinde. Aber wenn man einen öffentlichen Beruf hat, so wie er, muß man eben immer auch für die Erwartungen der Öffentlichkeit leben: Ein fröhliches Gesicht aufsetzen, da es niemanden etwas angeht, wie es »in einem drinnen aussieht«.

Jedermann sucht immer nur die schwachen Stellen an einer öffentlichen Figur. Sie suchen jede Lücke, um hineinzustechen. Entweder ist die Arbeit desjenigen, der zu kritisieren ist, zu künstlich oder zu kommerziell, zu laut oder zu leise, zu hell oder zu dunkel. Egal, wie man es macht, macht man es falsch, und niemand liebt einen für das, was man ist.

Kritiker kritisieren, sonst würden sie nicht Kritiker heißen. Es ist eine in sich unsichere Welt, in der mein Liebster arbeitet und in der man die Sicherheit braucht, daß da immer irgend jemand ist, der nie kritisieren würde, der immer loben würde für alles, was man tut. Dieser jemand war Karl-Heinz, und ich wußte es. Ich aber, ich liebte ihn nicht für seine Arbeit, ich liebte ihn als den Menschen, der er war. Ich würde ihm immer sagen, wenn sein Kopfstand, den er der Welt vorführte, mir gefallen hat. Ich würde ihm aber auch sagen, wenn er mir nicht gefallen hat. Karl-Heinz aber verstand ihn immer. Karl-Heinz mochte alles, was er tat. Karl-Heinz wollte ganz einfach ohne Frauenbegleitung in die Berge gehen.

Nun gut, wie auch immer, der Moment war gekommen auszuatmen, ein heißes Bad zu nehmen und sich im Bademantel vor den Fernseher zu setzen, um einen schönen, langweiligen Abend zu haben.
Irgendwann um Mitternacht hörte ich den Schlüssel in der Tür.
Bleib ruhig, dachte ich. Spiel einfach, daß du den Film, der gerade im Fernseher läuft, noch nie gesehen hast.
Ich hörte, daß jemand die Tür des Kühlschranks öffnete, Gläser klirrten leise auf einem Tablett, und kurz darauf kam er mit der Flasche Champagner zu mir ins Zimmer, die wir immer für besondere Anlässe aufgehoben hatten.

»Guten Abend!«
»Hi«, antwortete ich und betrachtete fasziniert, wie irgendwelche GIs eben damit beschäftigt waren, irgendeine japanische Insel zurückzuerobern. Alle Männer sollten in den Krieg ziehen, um zu begreifen, wie schön es ist, am Leben zu sein, dachte ich. Blödsinn, so ein Blödsinn, sprach es in meinem Kopf weiter, und ich wartete, was er von mir wollte.
Plopp, machte der Champagner. Er füllte die dünnen Champagner-Gläser und reichte mir eines. So leicht kommt er mir nicht davon, dachte ich. Der Champagner war eiskalt und schaumig... Jeder Champagner ist kalt und schaumig, ja, aber dieser war extra kalt und extra schaumig. War es vielleicht eine besondere Marke? Nein, dachte ich. Es war das Besondere des Augenblicks, daß alles so eiskalt und schaumig war. Es gab keinen Grund, noch einmal den Streit aufzuwärmen. Dazu war der Champagner wirklich zu eisig.
»Laß uns das Wasser teilen«, sagte er.

Wasser teilen.
Ich habe einmal einen Science-fiction-Roman gelesen. Da kommt ein Mann vom Mars auf die Erde. Sie schnappen ihn natürlich und bringen ihn in ein Krankenhaus, um ihn zu untersuchen. In dem Krankenhaus gibt ihm eine Krankenschwester ein Glas Wasser, ohne zu wissen, was sie damit

in seinen Augen für ihn tut. Auf dem Mars, wo Wasser kostbarer ist als Gold, bedeutet »Wasser teilen« ewige Freundschaft.
In den Tagen unseres Anfangs, in denen wir miteinander gearbeitet hatten, hielt mein Geliebter immer eine Flasche Mineralwasser in der Hand. Es war ein heißer Sommer, und man mußte so viel trinken, wie man konnte. Plötzlich an irgendeinem Tag, bot er mir Wasser aus seiner Flasche an. Ich war geschockt, obwohl ich wußte, daß er niemals denselben Roman gelesen haben konnte. Ich erzählte ihm die Geschichte und daraufhin lächelte er und änderte seine Frage von: »Möchtest du einen Schluck?« zu dem Satz: »Laß uns das Wasser teilen!«
Jetzt saß ich da vor dem Fernseher, sah ihn an, sah in seinen Augen, daß er meinte, was er sagte, hob mein Glas und trank mit ihm. Kurz darauf nahm er meine Hand und wir gingen ins Schlafzimmer.
Liebe machen.

Man macht Liebe. Macht man Liebe? Wie schön ist dieser Satz, wenn man ihn ernst nimmt. Liebe machen. Aber wer macht schon Liebe, wenn man angeblich Liebe macht... Für die meisten ist Liebe machen nur ein Machtspiel – Einsamkeit zu zweit. Noch eine Kerbe auf dem Revolvergriff.

Ich habe eine englische Mutter und einen indi-

schen Vater. In meinem Herzen ist das Abendland und das Morgenland, und in Indien gibt es eine uralte Tradition, Liebe zu machen. Liebe machen ist ein Weg, den Göttern nahe zu kommen, ist der Versuch, den anderen als den zu lieben, der er ist.
Tantra.

Der Versuch, das Leben in uns fließen zu lassen. Unsere Chakras zu öffnen, um mit dem anderen verbunden zu werden. Gemeinsam mit dem anderen zu fliegen ... Gemeinsam. Nicht Kamasutra ... Kopfstand auf der Nase und Turnübungen, um einen neunzehnfachen Orgasmus zu bekommen. Kein Muskeltraining und keine Olympiade, im Gegenteil: Liebe, nichts als Liebe.

Tantra ist wie eine Blume. Tantra zieht das Wasser der Lebensenergie aus den tiefsten Ebenen hinauf und durch dich hindurch bis zum höchsten Punkt deines Herzens, deines ganzen Wesens. Vielleicht bis zu deiner Erleuchtung ...
Nun gut, kurz bevor wir an diesem Abend den Lichtschalter erreicht hatten, machte er mir einen Heiratsantrag.
Heiraten.
Heiraten ... Hmm. Heiraten, das Jawort.

Ein Drittel aller Ehen scheitern, habe ich gelesen. Na gut. Ich war schon einmal geschieden, er war

schon einmal geschieden. Vielleicht hat jeder schon sein Drittel hinter sich. Aber warum sollten wir dieses Risiko noch einmal eingehen, wo uns das statistische Zentralamt doch so deutlich warnt, und wir vielleicht doch zu dem Drittel gehören?
Ich konnte mir den Priester vorstellen, wie er sagt: »Wenn hier einer unter uns ist, der einen Grund nennen kann, warum diese Frau und dieser Mann nicht zusammenleben sollen, dann möge er jetzt sprechen oder für immer schweigen.«
Und Karl-Heinz, der wie Dustin Hofman in der »Reifeprüfung« an die Tür der Kirche trommelt und ruft »Wer geht jetzt mit mir Squash spielen?«

Es gibt aber auch die Showbuisineß-Version. Ein Fotograf landet mit einem Fallschirm im Garten, genau in dem Moment, in dem ich ... bleib ruhig, bleib ganz ruhig!

Aber, wie heißt der schöne Klischeesatz: »Gibt es ein Leben nach der Ehe?«

Ich sah tief in seine Augen, ließ alle diese Gedanken hinter mir und sagte ganz einfach: »Ja.«

Wir umarmten uns und küßten uns, als das Telefon läutete. Es schaltete automatisch auf Anrufbeantworter, und im Hintergrund konnte ich Staatsfeind Nr. 1 hören: »Ich habe mir gedacht, daß ich checken sollte, ob alles okay ist... Ich mache mir solche Sorgen.«

Was dachte dieser Mensch eigentlich, daß ich mit meinem zukünftigen Ehemann anstellen würde, seine Eier für vier Minuten kochen oder was!

Wieder einmal hatte er es geschafft. Wieder einmal konnte ich nicht ungestört bleiben. Wieder einmal mußte mein Zukünftiger aufstehen, zum Telefon greifen, um zu versichern, daß sich die Welt auch noch morgen drehen werde.

»Nein, alles okay... Gut, morgen nachmittag... nein... ich bringe meinen eigenen Tennisschläger mit.

Liebe, dachte ich, alles Liebe.

Geburtsurkunde, Scheidungsurkunde, Staatsbürgerschaftsnachweis, Paß, Übersetzungen von Amtspapieren ins Italienische, ja, ins Italienische. Das fast unerträglich romantische Venedig sollte der heilige Ort sein, an dem unsere ewige Verbindung besiegelt werden sollte. Keine Freunde, keine Familie, nur wir zwei ... Sogar die Trauzeugen wurden von der Straße geholt, konnten sich ein paar tausend Lire verdienen.

Wir hatten im »Danieli« reserviert – ein uralter Traum von Romantik und der Sehnsucht nach Ewigkeit ... Zwei Einzelzimmer für den Tag vor der Ehe, und ein Doppelzimmer für den Abend nach der Hochzeit ... Alles – alles, alles, alles versuchten wir, um das Schicksal zu überreden, es gut mit uns zu meinen. Unser Standesamt war das schönste Standesamt der Welt, denke ich. Ein alter Palazzo, an dem jetzt die Fahne des italienischen Staates hängt: mit Bogen, Treppen und Säulenfenstern, von denen man auf den Canal Grande sehen kann.

Aus irgendeinem Grund habe ich an diesem Tag

weiß getragen, hmm, vielleicht um einen Kontrast zu bilden zu seinem schwarzen Anzug, in dem ich ihn noch nie zuvor gesehen hatte. Ja, wirklich, alles war so, wie man gelernt hat, daß es sein soll.
Die Zeremonie hat ungefähr achteinhalb Stunden gedauert... Vielleicht waren es auch elf. Ich kann für nichts garantieren. Sie haben uns alles gefragt, was man fragen konnte. Ja, er war bereit, durch gute und schlechte Zeiten zu gehen, in Gesundheit und Krankheit. Seine Schwiegermutter zu ehren und zu achten, der Katze meines Großonkels immer einen Teller Milch zu geben und auch am Freitagnachmittag das Gras zu mähen. Nein, er würde nie den Valentinstag vergessen und auch den Deckel der Zahnpastatube würde er immer wieder aufschrauben.
Nachdem alle Möglichkeiten, die vielleicht eines Tages zu einer Scheidung führen könnten, abgehakt waren, durfte er endlich die Braut küssen – Mann und Frau! Vor dem Palazzo wartete eine Gondel auf uns, und langsam fuhren wir durch die Kanäle von Venedig.
Die Italiener lieben Hochzeiten und schrien irgend etwas das klang wie »Viva spontana«.
Ich weiß nicht, ob das heißen sollte, lang lebe die Ehe, oder lang lebe die Spontaneität. Mein Italienisch ist sehr schlecht.

Vor unserem Zimmer hob er mich hoch und trug

mich auf das Bett. Mein Ehemann, mein Ehemann war das, der sich über mich beugte und sagte: »Heute ist der schönste Tag meines Lebens« – und ich war so blöd, das zu glauben.

Nachdem wir das Abendessen versäumt hatten, das Frühstück versäumt hatten und das Mittagessen versäumt hatten, konnten wir theoretisch das Bettlaken vor das Fenster hängen.

Das Hotel hatte uns Rosen ins Zimmer gestellt, und wir warfen sie statt dessen Stück für Stück aus dem Fenster den Menschen zu, die vor dem Hotel standen und sich überlegten, ob sie nicht eines Tages in Venedig heiraten sollten. Zum Abschluß nahm ich meinen Brautstrauß und warf ihn aus dem Fenster in die Menge. Ein Mann fing ihn auf, lachte und winkte zu unserem Fenster.
O Gott, dachte ich, wieso ein Mann, sollte das nicht ein Mädchen auffangen? Ist das jetzt ein schlechtes Omen? Ach Blödsinn, denk an die sexuelle Revolution, sagte ich zu mir, und fing wieder an, meinen Mann zu küssen.
Dann gingen wir hinunter auf die warmen Straßen und setzten uns in die grüne Bar, von der er mir so viel erzählt hatte, und aßen Tramezzini, die genauso schmeckten, wie er es immer beschrieben hatte. Dann wanderten wir am Abend zu Harrys New-York-Bar, in der Ernest Hemingway angeblich den

Bellini erfunden haben soll... Wir spazierten durch die Sternennacht, wir lachten, wir schwiegen, wir küßten uns und waren glücklich. Wir landeten im »Florian«, Casanovas Lieblingsrastplatz.
Casanova, tja – zurück zur Realität, mit einer einzigen Veränderung: Sie war aus Gold und rund und steckte an meinem Finger und... ach ja, mein Name, plötzlich hatte ich seinen Namen. Es ist wirklich eine sehr komische Situation für eine Frau, die plötzlich so heißt wie die Mutter des Mannes, den sie liebt. Wenn es schon für die Frau merkwürdig ist, wie ist es dann für den Mann? Denkt ein Mann plötzlich an seine Mutter, wenn jemand Fremder seine eigene Frau so nennt, wie seine Mutter heißt? Mutterkomplexe.
Jeder Sohn hat mindestens einen. Die erste Frage, die man eigentlich einem Mann stellen müßte, noch bevor man mit ihm zum Essen geht, sollte lauten: »Wie ist die Beziehung zu deiner Mutter?«

Seine Mutter war toll.

Sie war alles, was man von einer Schwiegermutter wünschen konnte. Sie hat sich nie eingemischt. Sie gab mir nie das Gefühl, daß ich nicht gut genug sei für ihr kleines Baby. Sie war da, wenn wir sie brauchten, und nicht da, wenn wir sie nicht brauchten.

Mit seinem Vater war es dasselbe. Ich meine, er war genauso dezent und zurückhaltend, wie man es nicht erwartet hätte von einem Mann, der plötzlich seine zweite Schwiegertochter zu lieben hatte, mit anderen Worten: Unser Honigmond hätte so süß sein können ...
Aber sehr schnell griff eine andere Realität in unser Leben ein, begann hineinzustören.
Mein Liebster, der plötzlich zu meinem Mann geworden war, mußte wieder einmal die Stadt verlassen, um hoch oben, im fernen Norden Regie zu führen, und ich, ich wollte ihn nicht stören bei seiner Arbeit und fuhr nach Spanien zu einer Freundin ... Ja, so war das ... Flitterwochen in Madrid, aber nicht mit dem Geliebten, sondern mit einer Freundin, die ich schon ein Jahr lang nicht mehr gesehen hatte.
Jetzt lebten wir endlich unkonventionell.

Die Zeit meiner Ankunft hätte ich nicht besser auswählen können. Sie lebte schon längere Zeit in Madrid, und genau in dem Moment, in dem ich bei ihr auftauchte, entschloß sie sich, ihren Freund zu verlassen.
Die herrliche, altmodische Wohnung, in der sie wohnten, war ununterbrochen erfüllt von Streit, Schreiereien, tragischen Eifersuchtsszenen und dem Versuch, alle Tabakfabriken der Stadt leer zu rauchen. Plötzlich verstand ich, wieso jemand den Stoff zu Carmen in diesem Land angesiedelt hatte. Da saß ich, frisch verheiratet, blühend und voller Hoffnung, und tat nichts anderes, als meine Freundin zu beobachten, wie sie nächtelang schweren Rioja trank, und mit ihr darüber zu reden, daß alle Männer hilflose, schwache, schwanzorientierte Kinder seien.

»Ich glaube nicht, daß jeder Mann so ist«, sagte ich eines Abends und drehte heimlich unter dem Tisch an meinem Ring.
»Alle sind sie so, alle, alle, alle, jeder einzelne,

ohne Ausnahme. Wieso glaubst du denn, daß dein lieber Ehemann heute abend noch nicht angerufen hat, was? Wahrscheinlich übt er seinen Charme in diesem Moment an einer blöden, kuhäugigen ›Ach-ich-möchte-so-gerne-Schauspielerin-werden-Gans‹.«

»Ich möchte nicht, daß du so über meinen Ehemann redest«, antwortete ich und preßte meinen Ring fest auf den Platz, wo er hingehörte. »Er arbeitet eben schwer und hat ganz einfach nicht die Zeit dazu ...«
Sie warf mir den typischen »Mein-Gott-wie-blind-können-Frauen-sein-Blick« zu, dann sagte sie: »Ich war völlig sicher, völlig sicher, daß José mir auf ewig treu sein würde und jetzt, schau dir das an, schau dir das an!« Und mit diesen Worten schob sie mir einen tausendmal gelesenen Brief unter die Nase.
»Ich kann nicht spanisch lesen.«
»Aber ich kann es! Ich verstehe jedes Wort!«
Sie fing an zu übersetzen, übersetzte ihn absichtlich langsam, diesen Brief, den er von dieser fremden Frau bekommen hatte, und ich muß sagen, es war wirklich kein Geschäftsbrief mit der Bitte um Lieferung einiger Maschinen-Ersatzteile.
»Ja, mein Gott, er ist eben ein Spanier«, sagte ich, in dem hilflosen Versuch, diesen Beweis zu ignorieren.

»Er ist ein Mann«, sagte sie. »Und diese Tiere haben nur ein Ding im Kopf: Sex, Sex, Sex und die Jagd nach Sex.

Mitten in der Nacht stand ich auf, schlich zum Telefon und wählte die Nummer seines Hotelzimmers dort oben, hoch im fernen Norden... Niemand antwortete. Ich ging ins Wohnzimmer zurück, wo meine Freundin eben wieder dabei war, eine weitere Flasche Rioja zu öffnen, und schenkte mir ein Glas ein.
Ich sagte nichts zu ihr von meinem Anruf und trank mit ihr, rauchte mit ihr und versuchte, eine Antwort zu finden. Langsam gelang es mir, mich nach dem dritten Glas zu überzeugen, daß alles okay war und daß mein Ehemann nicht zu dieser männlichen Spezies gehörte, von der ich seit Tagen genaueste Beschreibungen mitanhören mußte.
Aber, wo war er? Warum schlief er in der Nacht von Donnerstag auf Freitag nicht in seinem Bett, erholte sich von seinem Arbeitstag und bereitete sich auf den nächsten Arbeitstag vor?

»Wo warst du gestern nacht?« fragte ich viel zu schnell, als er mich am Vormittag endlich anrief. Mit dieser Frage war ganz klar, daß ich angerufen hatte, um ihm nachzuspionieren.
»Oh, mein Liebling, meine süße kleine Frau, hast

du angerufen? O mein Gott! Ich habe der Rezeption gesagt, daß sie keine Anrufe durchstellen sollen, damit ich schlafen kann. Weißt du, ich bin hier, um zu arbeiten ... Das weißt du schon, nicht? Fülle deinen süßen kleinen Kopf nicht mit solchen dummen Phantasien. Wahrscheinlich mußt du dir ununterbrochen ›Anti-Männer-Schwanz-Ab-Phantasien‹ anhören. Ich liebe dich, meine geliebte Ehefrau ...«
»Es tut mir leid, Liebling, daß ich dir mißtraut habe, ich bin so blöd, verzeih mir, ja?«

Jetzt hatte ich es endlich geschafft! Ich war das geworden, was ich nie werden wollte: eine mekkernde mißtrauische Ehefrau, die ihre Zeit mit Selbstgesprächen verbringt.
»Ich bekomme wahrscheinlich meine Tage, du weißt ja, wie das ist mit den Hormonen.«
»Aber ja, mein Liebes, ich bin bei dir, denk an Venedig, denk an unsere Liebe, denk an unsere wunderschönen Nächte ...«

Ich legte erleichtert den Hörer auf, nahm zwei Aspirin und fragte mich, wieso ich ihn je verdächtigen konnte, in dieser Nacht etwas anderes getan zu haben als zu schlafen.
Ich muß aufpassen, daß die Geschichte meiner Freundin nicht auf meine Ehe abfärbt, dachte ich. Warum hatte er denn geheiratet, wenn er mich

nicht lieben würde und... Stop, stop! Sei nicht so blöd, welcher normale Mann würde seine Frau eine Woche nach dem Jawort betrügen? Abgesehen davon, mit wem hätte er es denn tun sollen? Da war niemand bei ihm, mit dem er... Bis auf die eine Schauspielerin, die die Hauptrolle spielte, und die war wirklich nicht sein Typ. Im Gegenteil! Sie hatte alles an sich, worüber er sich immer bei einer Frau beschwert hatte. Und abgesehen davon war sie verheiratet. Also worüber zerbreche ich mir den Kopf? Er würde kaum jemand von der Straße ansprechen...

Aber diese Schauspielerin, vielleicht doch? Mmm, ein langer Arbeitstag, man ist müde, ißt gemeinsam zu Abend... Ich fand sie eigentlich ganz okay, etwas zuviel Schminke vielleicht! Nein, nein, sie weiß, daß wir zusammen sind, sie weiß, daß wir verheiratet sind. Wußte sie das wirklich? Wir haben doch gerade erst geheiratet... Und das letztemal, als ich sie gesehen habe, hat sie ein bißchen zu sehr nebenbei gefragt, wie lange ich ihn schon kenne. Nein, nein, nein! Soviel Stil muß sie haben! Wir Frauen halten zusammen, wir sind doch alle Schwestern. Und sie mußte den Ring an seinem Finger sehen, den er niemals abnehmen würde... Ich, ich habe diesen Ring an seinen Finger gesteckt, an unserem Tag, als Symbol unserer Liebe. Abgesehen davon, jede Frau, die bei Sinnen ist... Ja, aber was ist mit ihm? Konnte er wirklich seinen unwiderstehlichen Charme abschalten, bloß weil ich nicht in seiner Nähe war?

Vertrauen, dachte ich, du mußt Vertrauen haben, das ist die Basis einer Ehe.
Gut, dachte ich, Vertrauen ... Vertrauen.

Da war er, da stand er am Flughafen, einen Rosenstrauß in der Hand, er sah wunderbar aus ... Ich liebte ihn ... Er umarmte mich, als ob er mich nie mehr loslassen wollte.

»Du riechst nach Spanien«, flüsterte er. »Und deine Farbe ... Du siehst toll aus.«

Siehst du, dachte ich, diese blöde Eifersucht! Er liebt dich ... Er liebt dich und er trägt deinen Ring, den er niemals abgenommen hat. Er liebt dich, warum sonst hätte er dich heiraten sollen?

Zurück nach Hause, zurück in unsere wunderschöne Wohnung ... Ich ging voraus, während er die einzige wirkliche Jagd betrieb, die einem Mann in unseren Tagen noch geblieben ist: die Jagd nach einem Parkplatz.

Mein Ehemann, der Mann, den ich liebe. Unsere Wohnung begrüßte mich mit ihren weichen, sanften Farben, einladend und herzerfreuend.

Der Tisch war voll mit schmutzigem Geschirr, wie ich diesen Mann liebe, dachte ich, stellte meine Tasche ab und öffnete die Spülmaschine – die wahre Befreiung der Frau! Ein wunderbares Gerät, um Zeit zu sparen, um Freiheit zu gewinnen und Gläser zu spülen. Champagnergläser zum Beispiel, zwei Champagnergläser. Ganz allein in dieser großen Geschirrspülmaschine.

»Vielleicht hat er... hat er... hat er einfach aus zwei Gläsern trinken wollen, dachte ich. Ich nahm die beiden Gläser aus der Maschine, stellte sie auf den Tisch, setzte mich zu ihnen, sah sie an und dachte nach.

Was könnte das bedeuten? Wie würde er es erklären? Ach ja, es ist ganz offensichtlich! Er hat ganz einfach für sich und seinen Freund Karl-Heinz Vanillepudding in die Gläser geschüttet, und dann haben sie gegessen und gelacht.

Plötzlich kam er in die Wohnung, sah mich vor den Gläsern sitzen und sagte! »Ach ja, die Gläser! Karl-Heinz und ich haben uns einen Vanillepudding gemacht und in diese Gläser gekippt, lustig, nicht? Ha, ha, ha.«

Es war eine völlig logische Erklärung, also ging ich ins Schlafzimmer, um meine Tasche auszupacken.

Vertrauen. Vertrauen.

Über unserem Bett hing ein unwahrscheinlich gelockter kleiner Cupido, den wir uns am Tag nach der Hochzeit in Venedig gekauft hatten.

Er würde nie eine Frau in unser Bett nehmen, in unser Bett, über dem unser Schutzengel hängt, nie, nein, nie. Ha, ha, ha, nie? Nein, nie!

Und vor allem, keine anständige Frau würde in dieses Bett hineingehen, und er könnte niemals von so einer Schlampe angezogen sein, die bereit wäre, in unser Bett zu gehen, oder? Nein, niemals, niemals, nie!

Wie kommt man darauf zu denken, daß Menschen nie etwas tun würden, was man selbst nicht tun könnte?

Na ja, auf jeden Fall würde kein anständiger Mann eine Frau respektieren, die nicht anständig ist, keiner. Kein anständiger Mann würde eine Frau respektieren, die keinen Respekt hat vor der Frau eines anständigen Mannes ... Oder so ...

So ein Blödsinn, dachte ich. Jeder denkt nur an sich selbst. Wie kommst du darauf, daß ein Mann anständig sein kann oder eine Frau Moral haben kann? Hast du noch nie am Dienstag abend »Dallas« gesehen, oder »Denver« am Mittwoch?

Heute leben wir doch nur in einer »Jeder-kann-mit-jedem-« und »Jeder-ist-austauschbar-Gesellschaft«. Mann trifft Frau, liebt Frau – Frau trifft Mann, liebt Mann – Frau betrügt Mann, Mann verläßt Frau – nächster Mann trifft nächste Frau, um zu vergessen und sich zu rächen. Die nächste Frau betrügt nächsten Mann, um zu... und so weiter und so fort.

Jede Beziehung ist nur ein Echo der letzten Beziehung, ist nur der Versuch, das Gegenteil von dem zu erleben, was man gerade erlebt hat, und niemand lebt auf diese Weise mit dem Menschen, dem er begegnet ist, sondern nur mit der Rache an seiner Vergangenheit oder mit der Sehnsucht nach seiner ersten Hoffnung.

Wir haben in unseren ersten Gesprächen oft darüber gesprochen, und schon damals hat uns diese Erkenntnis sehr traurig gemacht.

Ich war mit meinem Auspacken zu Ende und ging ins Badezimmer, um meine Zahnbürste wieder neben seine zu stellen.

Nein, es gibt immer für alles eine Erklärung, und

auch die blaue Haarklammer würde er mir erklären können, die neben der Badewanne unter den Badezimmerteppich gerutscht war und die man somit leicht übersehen konnte. Ja, dachte ich, und hielt dieses billige blaue Ding in der Hand, das nur von einer ganz bestimmten Sorte ... Aber, ich weiß auch nicht wieso, plötzlich war ich nur mehr müde, unendlich müde und traurig, tja, konnten seine Augen wirklich lügen?

Ich wollte ihm glauben, ich wollte ihm so gerne glauben, und ich konnte auch keinen Grund finden, warum er unsere Liebe aufs Spiel setzen sollte, unsere Liebe, unsere kostbare Liebe ...

Liebe, unser Liebe machen war immer so schön gewesen, so schön ... Wir haben uns oft gegenseitig überrascht und die Wohnung in ein kleines Paradies aus einem anderen Land verwandelt, wenn der andere nach Hause kam. Manchmal breitete ich weiße Kissen aus, verbrannte Räucherstäbchen und erwärmte Rosen- und Jasminöl, und wir waren in einer ägyptischen Tausendundersten Nacht ... Ein anderes Mal reisten wir in unserer Phantasie nach Hokkaido und fütterten uns gegenseitig mit Sushi, tranken heißen Sake bis tief in die Nacht und waren zärtlich, zärtlich und zärtlich ... Jede Phantasie blieb nicht nur ein Traum, sondern wurde Wirklichkeit. Also, wo war das

Problem? Wonach hätte er Sehnsucht haben können? Wahrscheinlich war es wirklich unsere Putzfrau gewesen, die meinen Lieblingsaugenbrauenstift geklaut hatte und als Ersatz dafür ihre Haarklammer zurückgelassen hatte. Es hätte wirklich sein können, wirklich … Also warf ich dieses billige blaue Ding in den Kübel unter dem Waschtisch und nahm eine heiße Dusche.

Die Tage gingen vorbei und alles war wie früher. Karl-Heinz rief an wie immer, erläuterte in langen Monologen, wie böse die Welt sei, und ich wärmte wie immer jedes Abendessen zweimal auf, bevor wir den ersten Bissen zu uns nehmen konnten.

Am Wochenende fuhr mein Geliebter wie immer zu seinen rituellen »Ich-bin-eben-unkonventionell«-Wochenenden, und ich vergrößerte meine Bibliothek.

Ich hatte gelernt, mich nicht mehr über meine Leseabende zu beschweren, obwohl ich sicher war, daß er wußte, daß ich nicht lachend vor Glück von Freitag bis Sonntag durch die Wohnung lief. Ich rief ihn nie an, um ihn zu kontrollieren, aber wartete immer geduldig, ob bei mir das Telefon läuten würde.

Ich rief aus zwei Gründen nicht bei ihm an. Erstens würde sich mir der Magen umdrehen, wenn Karl-Heinz am Apparat wäre mit der Frage, ob ich genug zu lesen hätte, und zweitens wollte ich wirklich, daß er sich wie ein freier Mann fühlt.

Na ja, auf jeden Fall konnte er wissen, daß ich da sein würde, wann immer er unsere Nummer wählt, und das ist ja für einen freien Mann sehr wichtig zu wissen. Nein, ich war nicht die perfekte Frau, nein, natürlich nicht! Aber ich gebe zu, ich habe versucht, perfekt zu spielen, und dabei wartete ich nur darauf, daß er wieder zur Besinnung kommen würde.

Okay, gehen wir es ganz logisch an. Er verbringt einfach jedes Wochenende mit seinem Freund, das ist etwas ungewöhnlich, aber sollte ich ihn dafür bestrafen, daß er kein gewöhnlicher Mann war? Na ja, an diesem besonderen Wochenende beschloß ich wieder einmal, durch unsere privaten Videoschätze zu gehen. Ja, wir haben auch so ein kleines schwarzes Ding, mit dem man die speziellen und banalen Momente des Lebens einfangen kann. Tagebuch schreibt ja heute keiner mehr und ... nun gut. Ich nahm eine Handvoll Kassetten und ging zum Fernseher, schob ein Band in den Rekorder und sah, daß es sein Video-Tagebuch aus der Zeit war, in der er im Norden Kunst gemacht hatte, und ich in Madrid zur Trinkerin geworden war.

Ich sah ein Theater, eine Bühne, ein Bühnenbild. Mehrere aufgeregte Menschen und die Schauspieler... Die Schauspieler... Vor allem die eine, die Hauptdarstellerin. Und was macht diese blöde Kuh, sie wirft ihm einen Kuß zu, und... Was denkt sie, wer sie ist, Marylin Monroe? Die Kamera schwenkt zu ihm. Und was macht er? Er lächelt zurück und wirft ihr auch einen Kuß zu. Wunderbar, ganz wunderbar, diese Totale. Wer hat die Kamera gemacht? Wirklich begabt! Da stand er, mein lieber süßer Ehemann und bläst Küsse durch die Luft. Nur eine kleine Sache fehlte, um das Bild perfekt zu machen. Eine kleine runde goldene Sache fehlte an seiner Hand. Man nennt es Ehering.

Warum?

Warum hört ein Mann auf, einen Ehering zu tragen? Warum wirft diese blöde Kuh so blöde Küsse aus ihrem extrem blöden Gesicht? Lächerlich! Viel zu dünne Beine, keinen Arsch und... Ruhig, ganz ruhig!
Aber eine Frau, die mit meinem Ehemann... Na gut, vielleicht hat es wirklich nichts zu bedeuten. Es gibt sicher eine Erklärung! Wütend ging ich

zum Telefon und wählte die Nummer seiner Wochenend-Einsiedelei.

»Hallo, Engel«, jaulte Karl-Heinz in das Telefon. »Ja, du willst ihn sprechen – ja – aha – aber ... ja, weißt du, er ist sehr müde und schläft schon!«

Aha, dachte ich, der Ärmste. Er schläft schon. Wie süß. Im Hintergrund hörte ich den Fernseher in voller Lautstärke. Mmm, ich wußte, daß er immer in dem Zimmer schläft, in dem der Fernseher steht. Wie konnte er da schlafen?

Wieso habe ich in diesem Moment »okay« gesagt und aufgelegt? Wieso habe ich nicht darauf bestanden, daß er ihn aufweckt, weil seine Frau mit ihm sprechen möchte? Immerhin war es erst 20.30 Uhr, etwas früh für einen erwachsenen Mann ins Bett zu gehen, oder?

Nein, nein, nein, das ist alles völlig normal! In der Künstlerwelt wirft eben jeder jedem bedeutungslose Küsse zu. Schau doch nur zum Beispiel Marylin Monroe und John F. Kennedy an!

Ja, schau dir Marylin Monroe und John F. Kennedy an!

Okay, sie ist nicht gerade Marylin, na ja, er ist auch nicht gerade John F.

Ich sah ein klares, deutliches Bild vor mir: Marylin steht in ihrem Zimmer und gähnt, plötzlich platzen vier Mafiosi herein, werfen sie aufs Bett, fesseln sie und pumpen sie mit Schlafmitteln voll. Ich bedauerte, daß ich meinen Italienisch-Kurs abgebrochen hatte.

Am Sonntagmorgen, als er zurückkam, sah er müde aus, sehr müde, wenn man bedenkt, daß er immerhin schon um 20.30 Uhr ins Bett gegangen war. Hmm, vielleicht ein bißchen zuviel Bett und nicht genügend Schlaf?

Ich entschloß mich, ihn nicht sofort anzubellen, also wartete ich, bis er seine Jacke abgenommen hatte.

»Warum trägst du deinen Ehering nicht, wenn du mit Miss Monroe probierst?«

»Wie bitte, wer ist Miss Monroe, wovon redest du?« fragte er völlig übermüdet.

»Miss Kuß-Werfer, Miss Glotzauge, Miss Kalb-Kuh-Gans!«

»O Liebling, müssen wir wirklich jedesmal durch diese Eifersuchtsszenen gehen, jedesmal, wenn ich dich für paar Stunden allein lasse. Also gut, ich trage bei meiner Arbeit keinen Ehering aus einem ganz einfachen Grund: Jede Schauspielerin ist eine egoistische, egozentrische Kuh, und sie brauchen alle das Gefühl, daß man auf sie steht, auch wenn es niemals zu etwas führen wird. Sie müssen einfach das Gefühl haben, daß du als Mann frei bist, daß sie dich haben könnten, wenn sie wollten. Ich spiele die Rolle des »Mister-einsamer-Junggeselle«, damit Miss Durchschnitt das Gefühl hat, daß sie Miss Monroe ist, okay? Aber ich bin jetzt hier, bei meiner Frau. Ich liebe dich und ich bin müde.«

»Wieso bist du müde?«

»Weil ich die ganze Nacht auf war und mit Karl-Heinz Gespräche geführt habe. Du weißt, er ist im Moment ziemlich labil«, antwortete er, als er in das Badezimmer ging und die Dusche aufdrehte.

May West sagte einmal: »Nach jedem Bad vergißt du den Mann, mit dem du als letztes geschlafen hast.«

Aha, dachte ich, vielleicht funktioniert eine Dusche genauso?

Freiheit.

Ich stand da und sah vor mich hin. »Freedom is just another word for nothing left to loose«, ich hörte die Stimme von Janis Joplin vor mir, und meine Erinnerung flog zurück in die Zeit, in der ich dieses Wort zum erstenmal in mir gespürt hatte.

Es war an meinem 18. Geburtstag.

Ich fuhr mit meinem blauen Minicooper über das Land, als es plötzlich anfing zu regnen. Mitten in den heißesten Sommertag hinein begann es in Strömen zu regnen. Ich fuhr rechts ran und stieg aus, die Landstraße war völlig leer, und mein Wagen stand dicht an einem riesigen dunkelgelben Kornfeld. Es regnete und regnete, ich hatte nur ein kurzes dünnes Kleid an, und es regnete. Ich begann zu laufen, lief in das Kornfeld und breitete meine Arme aus, lief, und lief und lief mit weit geöffneten Armen und mit lachendem Gesicht, über das der Regen rann, lief und lief und lachte und war frei ... frei ... Ich war frei, frei zu tun, was ich wollte, frei zu gehen, wohin ich wollte, frei, ja oder nein zu sagen ...
Ich habe »ja« zu ihm gesagt, er hat »ja« zu mir gesagt, obwohl er frei war, »nein« zu sagen.

Ich wußte, wie kostbar die Freiheit ist, und ich habe gerne die Rolle seiner Ehefrau gespielt, gerne für ihn gekocht, ich war gerne für ihn da, wenn er nach Hause kam...

Was tue ich? Was tue ich, dieser Mann braucht seine Freiheit, und ich, ich mache alles falsch... Mache ich alles falsch? Ja, ich mache alles falsch.

Als er zu Ende geduscht hatte, fragte ich ihn, ob er kurz Zeit hätte, mir zuzuhören. Wir setzten uns hin und ich entschuldigte mich. Ich sagte, daß mir bewußt sei, wie unmöglich ich mich in den letzten Wochen benommen hatte, und daß ich nicht verstehen könne, daß ich so voller Mißtrauen sei, und dann habe ich ihn für meine Gefühle um Verzeihung gebeten.
Er sah mich traurig und enttäuscht an und sagte: »Ich schwöre es dir, ich schwöre dir, daß ich dich nie, nie betrogen habe. Du bist die tollste, schönste und klügste Frau, die sich ein Mann überhaupt vorstellen kann. Warum hätte ich dich betrügen sollen?«

Ja, das klingt logisch, dachte ich, küßte ihn zärtlich und ging in die Küche, um das Mittagessen zu machen.

»Wie geht's Karl-Heinz?« fragte ich, als ob ich wirklich Interesse hätte.
»Gut, gut! Mittwoch abend gehen wir beide zum Nachtfischen.«

»Nachtfischen«, wiederholte ich. Nachtfischen, dachte ich ... Na ja, irgend jemand muß es tun.

Das Telefon klingelte, ich ging hin, hob ab, und auf der anderen Seite wurde aufgelegt. Na gut! »Falsche Nummer«, rief ich.

Eine Illusion. Alles ist eine Illusion.

Ich habe ehrlich geglaubt, daß sie eines Tages wirklich wissenschaftlich beweisen werden, daß Käsekuchen mit Schlagsahne die Gesundheit fördert, daß die Italiener dem Rotwein entsagen und daß Ehemänner ihren Frauen eines Tages treu bleiben werden.

Auf dem Bücherregal stand Nancy Fridays »Eifersucht«. Ich nahm es und begann zu lesen. Seite für Seite ... Und langsam wurde mir einiges klar. Das Problem begann damit, daß meine Mutter meinen Vater geliebt hat, ja genau, das war das Problem. Vor allem war es die Lösung aller Fragen. Das war die Erklärung für blaue Haarklammern, den fehlenden Ehering und die Anrufer, die sich alle verwählt hatten. Das war der Grund, warum mein Ehemann seine Wochenenden lieber mit Karl-Heinz beim Go-Spielen verbringen würde als mit mir, weil meine Mutter meinen Vater geliebt hat ...

Ja, das ist alles so einfach, warum habe ich das nicht vorher gesehen?

Man fragt sich vielleicht, was das eine mit dem anderen zu tun hat. Ich kann nur sagen: alles.

Ganz einfach. Wenn meine Mutter meinen Vater nicht geliebt hätte, dann wäre ich nicht auf meinen Vater eifersüchtig geworden. Warte, nein, halt, dann wäre ich nicht eifersüchtig auf meine Mutter gewesen! War ich eifersüchtig auf meine Mutter? Es muß so gewesen sein, sonst hätte mein Ehemann nie seinen Ehering abgenommen. Es war alles ganz einfach. Man konnte es ja schließlich nachlesen.

Ich nahm den Hörer vom Telefon, um meine Mutter anzurufen und mich bei ihr zu entschuldigen. Wie sag ich es am besten? Vielleicht so: »Hallo, Mutti. Ich bin nicht mehr eifersüchtig auf dich – also, jetzt kann mein Mann wieder seinen Ehering tragen!«

Nein, ich denke, das würde sie nicht verstehen.

Ich hob ab und wählte ihre Nummer. »Hey Mom, wie ist das Wetter bei euch auf der Insel? Ach, es regnet, na ja dann! Alles Liebe, bye-bye.«

Ich legte wieder auf und dachte: Ob sie mich verstanden hat? Natürlich hat sie, Mütter können zwischen den Zeilen lesen. Ich war sehr erleichtert von meiner Beichte.

Ich ging ins Bett und legte mich zu meinem Ehemann unter den Schutzengel: diesen kleinen, blöden gelockten Schutzengel, den wir am schönsten Tag meines Geliebten gekauft hatten, an dem Tag, der auch der schönste Tag in meinem Leben gewesen war. Ach, wie schön ist es, neben dem Mann, den man liebt, einzuschlafen, und wie schön ist es, nicht den geliebten Mann anrufen zu müssen, um »Gute Nacht« zu sagen, und die Ehefrau hebt ab...

Gute Nacht, mein Liebster – gute Nacht, meine Liebste. Good night, Marylin...

Ich wachte auf, als der Postmann zum drittenmal klingelte. »Einschreiben.«

Völlig verschlafen unterschrieb ich mit meinem neuen Namen und nahm ihm den Haufen Briefe aus der Hand... Ich wanderte in die Küche, füllte Wasser in den Kessel und dachte: Mist, nicht schon wieder ein Strafzettel für falsches Parken. Es ist wirklich unmöglich, in dieser Stadt einen Parkplatz zu finden. Ich glaube, das machen die absichtlich. Die bauen absichtlich keine Parkplätze, damit sie Kohle machen können, diese Gangster! Hmm? Drei Uhr früh, siebenter Bezirk, Sonntag?!!! Aber ich habe doch am Samstag um 20.30 Uhr angerufen, und er hat geschlafen, tief und fest vor dem brüllenden Fernseher geschlafen! Vielleicht war ich doch nicht auf meine Mutter eifersüchtig?

Ich beschloß, zu warten und zu schauen, was geschieht. Wir aßen unser Frühstück in tiefem Schweigen. Ich hatte das Buch über Eifersucht auf den Knien und studierte. Ich war sauer, ich war wütend.

»Noch einen Toast?« fragte ich meinen Ehemann liebevoll. Er war beim Tagträumen. Wahrscheinlich dachte er daran, wie heiß es manche mögen. Er blickte hoch und lächelte mich an, und ich lächelte liebevoll zurück.

Die andere Frau.

70 Prozent aller Ehemänner und 40 Prozent aller Ehefrauen haben außerehelichen Geschlechtsverkehr. Das Geheimnis, die Aufregung, die Spannung, all die versteckten Restaurants in der Stadt.

Glaubte dieses andere Weib tatsächlich, daß er keine andere Wahl hat oder daß er ihr nicht widerstehen könnte? O mein Gott, vielleicht war sie wirklich unwiderstehlich? Nein, nein, nein! Nicht, wenn es wirklich Miss Monroe ist. Diese Frau hat nichts Echtes an sich: Ihre Stimme ist unecht, ihre Wimpern sind unecht, und sogar ihre Titten sind falsch. Na ja, das hat auch eine Jane Fonda, aber sie macht immerhin Millionen mit ihren Videos, auf denen sie diese ganzen Chirurgenleistungen vorführt und kommentiert: »Do you feel it, do you feel it?«

Und wir fallen darauf herein. Brigitte Nielsen bereut mittlerweile, daß sie diese blöde Operation hat machen lassen. Aber ob sie auch die Millionen bereut, die sie von Sylverster Stallone bekommen hat und mit denen er sich von ihren Plastikbergen freigekauft hat? Na ja, vielleicht schafft er als einziger Mann der Welt den Sprung vom Neandertaler zum Cromagnon und kommt darauf, daß es an einer Frau auch noch eine andere Attraktivität gibt als überentwickelte Milchdrüsen.

Ich denke, sie sind wirklich so blöd – sie sind so blöd! Ist es ihnen wirklich angenehmer, einen Herzinfarkt zu bekommen vor lauter Anspannung und Angst beim heimlichen Telefonieren ertappt zu werden, anstatt einen Abend mit der Frau zu verbringen, die sie wirklich liebt, mit der Frau, die ihnen eine heiße Zitronenlimonade bringt, wenn sie mit 37,3 Grad Fieber im Bett liegen und kleine rote Augen haben wie ein Albino.

Und wieder läutete das Telefon. Ich hob ab.
»Ach, ich glaube, ich habe die falsche Nummer«, sagte Miss Plastikberge am anderen Ende. »Nein, nur die falsche Person«, sagte ich. »Mit wem wollten Sie denn sprechen?« »Ist dort nicht der Ärzte-Notdienst?«

»Der Ärzte-Notdienst? – Ja«, sagte ich, »so können

Sie ihn auch nennen, wenn Sie wollen ... Liebling, süßester Ehemann, es ist für dich«, schrie ich durch die Küche und trug das Telefon zu ihm ins Wohnzimmer. Aber als ich bei ihm angekommen war, hatte die andere Seite aufgelegt.
»Wer war denn das?« fragte er.
»Long distance, Silicon Valley«, antwortete ich.
»Na ja, die rufen wieder an.«

»Ganz sicher«, antwortete ich.

Er fing an, die Post durchzugehen, und stockte bei dem geöffneten Strafzettel. »Mist«, sagte er. »Das ist der Dank, wenn man sein Auto verleiht!«
»Wie?« sagte ich mit gespieltem Desinteresse.
»Peter, ich habe Peter mein Auto am Samstagabend geliehen, und nun bekomme ich einen Strafzettel dafür, vielen Dank!«

Wieder hatte ich zwei Möglichkeiten: ihm zu glauben oder die Scheidung einzureichen. Ich entschloß mich, nicht weiter darüber nachzudenken.

Gefühlsecht – extra feucht.«

Es wird einem schwergemacht, mit dem Denken aufzuhören, wenn man plötzlich in seinem Toilettenbeutel Präservative mit der Aufschrift »Gefühlsecht – extra feucht« findet. Aha, gefühlsecht, zwei Packungen extra feuchte Gummis ... Wozu braucht ein frisch verheirateter Mann zwei Pakkungen extra feuchte gefühlsechte Gummis?«

So, jetzt wollen wir in den Spiegel schauen und zum erstenmal ganz klar und deutlich den Satz sagen »mein Ehemann betrügt mich«.

Vielleicht war ich langweilig im Bett? Aber wieso heiratet ein Mann eine Frau, die er schon seit zweieinhalb Jahren kennt, wenn sie langweilig ist im Bett?

Vielleicht ist er pervers? Ich stellte ihn mir im Hotelzimmer mit Miss Monroe vor: Champagner, Jahrgang 83, ihr Dekolleté ist eben dabei überzukippen ... Sie sagt: »Aber Süßer, normalerweise schlafe ich nicht in der ersten Nacht mit einem verheirateten Mann.« Er würde nichts antworten, sie hochheben und flüstern: »Ich kann dir einfach nicht widerstehen!« Und dann würden sie ins Bett sinken ... »Ich habe sie nur geheiratet, weil sie die Aufenthaltserlaubnis gebraucht hat, soll ich sie anrufen, um die Scheidung zu verlangen? Wir sind zwar immer noch gute Freunde, aber sprich nur ein Wort, und ich rufe sie sofort an ...«

Natürlich schmilzt sie, er wird sie ganz langsam ausziehen und von oben bis unten küssen und ... Ihr Atem wird schwer und schnell, ihr Silikon bebt hoch und runter, er wird den Champagner öffnen und ganz langsam über ihren weißen Körper rinnen lassen und ganz langsam jeden einzelnen Tropfen von ihrem weißen runden Leib schlekken ... Dann wird er ein Päckchen »Gefühlsecht – extra feucht« zwischen seinen weißen Zähnen aufreißen ... »Mehr, mehr!« wird sie schreien. »Ich hab doch noch gar nicht angefangen«, wird er sagen. Ihr glänzender weißer Körper würde wartend und offen daliegen – offen, offen, weit offen.

Nein, halt, stop, ich werde diese Idylle zerbrechen, ich werde das Telefon läuten lassen, ich werde anrufen aus Madrid, und es wird klingeln, klingeln, klingeln ...

Ich wachte aus meinem Tagtraum auf und hörte, daß das Telefon tatsächlich in unserer Wohnung klingelte. Ich hob ab, es war, als ob sie meine Gedanken übernommen hätte. Am anderen Ende war das Biest: »Ah, hallo, ja – nein – ja, ich werde schauen, ob er da ist. – Liebling, bist du da«, sagte ich so laut, daß sie mich hören konnte, obwohl ich die Hand auf den Hörer legte. »Was – ja, es ist Miss Silikontitten – ja, ist gut, sage ich ihr ... Hallo, sind Sie noch dran – nein, er ist im Moment leider nicht da, aber er hat gesagt, daß er zurückrufen wird – und wie geht es Ihrer Ehe, wie – was, ihr habt euch getrennt ... Das tut mit aber leid für euch – ciao, ciao.«

O Gott, tut das weh, mein Gott, tut das weh, es tut so weh. Dieser alleszerfressende, alleszerstörende physische Schmerz, der das Herz ganz langsam in dreiundzwanzig Teile zerreißt und verbrennt ... Mir ist so übel, so übel, o mein Gott.

Es gibt Sachen, die man erklären kann, und Sachen, die man nicht erklären kann. Und jetzt, jetzt war es zuviel für mich, und ich konnte und konnte und konnte keinen Grund finden. Vielleicht war ich einfach eine ganz miserable Geliebte. Ja, vielleicht war es das. Ja, das könnte es sein, das mußte es sein.

Ich entschloß mich, meinen Ex-Freund anzurufen und ihn einfach zu fragen, ihn einfach zu fragen, wie ich im Bett war. Ich entschloß mich, es zu tun und rief an.

»Du bist eine ganz beschissene Köchin, du bist unordentlich, und du reist zuviel in der Welt herum. Aber eine schlechte Geliebte, nein, nein, das bist du sicher nicht. Wieso fragst du mich?«
»Er geht fremd!«
»Ja, ja, ich habe das gehört!« antwortete er leise.
»Gehört?«
»Nein, das muß nichts bedeuten. Ein Mann kann mit einer anderen Frau Essen gehen, nicht? Das heißt noch längst nicht, daß er mit ihr schläft.«

Aha, Essen war er also, mit ihr, Essen, mit ihr war er Essen, und er hat nicht einmal die Diskretion gehabt, sich zu verstecken dabei, nein, in aller Öffentlichkeit hat er das tun müssen.

Ich sehe es ganz genau vor mir, wie sie zu zweit in meinem Lieblingsrestaurant sitzen und turteln, und alle meine Freunde sitzen an den Nebentischen und heben ihr Glas und rufen im Chor: »Lang lebe die Untreue.«

Was für einen Idiotin hat er aus mir gemacht.

Ich mußte mich plötzlich daran erinnern, wie ich mit meiner Freundin Tammy das letztemal Essen war und wir über Loyalität gesprochen haben. Ich habe sie mit großen Augen angeschaut und gesagt: »Eines ist so unwahrscheinlich toll an ihm, und das ist seine Treue.« Sie sah mich an und sagte: »Ich muß aufs Klo.«

Nach zehn Minuten kam sie zurück, setzte sich und konnte mir den ganzen Abend lang nicht mehr in die Augen schauen.

Ich habe gedacht, daß ihr Freund sie betrügt, und habe das Thema gewechselt.

Mein Gott, mein Bauch fing langsam an, sich zu drehen und eine andere Erinnerung kam hoch. Ich bin einmal mit einer Freundin spazierengegangen. Ich wußte, daß ihr Mann ständig fremdgeht. Wir haben gerade über den Film »Tödliche Leidenschaft« geredet, und dann sagte sie: »Eines weiß ich, und das ist, daß mein Walter mir immer treu ist.« Ich kann mich erinnern, daß ich ihr plötzlich nicht mehr in die Augen sehen konnte, aber ich sagte keinen Satz und ging einfach weiter.

Was man nicht weiß, macht einen nicht heiß.

Ich glaube, das Schwerste an diesem ganzen idiotischen Thema ist nicht so sehr, daß er manchmal eine andere hat, sondern diese elende Respektlosigkeit, die mit diesen Geschichten immer Hand in Hand geht. Es gibt so viele nette gute Bekannte, die es genießen, etwas zu wissen, was du nicht weißt, und die es genießen, daß auch du nicht das Geheimrezept hast, dem Wahnsinn zu entgehen, und es gibt die echten Freunde, die darunter leiden zu wissen, daß du eines Tages leiden wirst.

Gordische Knoten kann man nur durchhauen, ich beschloß, das Schwert zu ziehen und sagte an einem der nächsten Abende: »Ich habe keine Lust zu kochen. Ich will mit dir zu dem Italiener um die Ecke gehen und mit dir reden.« Ich sah die Irritation in seinen Augen, aber ich bestand darauf, die Wohnung zu verlassen, und kurz darauf saßen wir an einem der originell-wackelnden Holztische und redeten miteinander, d.h. ich hätte gerne gleich mit ihm geredet, aber er blickte sich die ganze Zeit über nervös nach allen Seiten um und rutschte auf seinem Stuhl hin und her, wie ein unsicherer Schüler vor der Geographie-Prüfung.

Nach kurzer Zeit kam das Mädchen auf uns zu, das uns schon so oft bedient hatte. »Hallo«, sagte er, als er sie ansah. Eine ziemlich unauffällige, billige Rothaarige mit einer viel zu hohen Kleinkinderstimme. Sie lächelte ihn so wissend an, daß ich mich fragen mußte, was sie wissen konnte. Hatte er hier einmal mit einer anderen Frau gegessen, war es das, was sie wußte? Ich kam mir vor wie Ingrid Bergman in »Gaslicht«, vielleicht bin ich wirklich schon paranoid, dachte ich, als ich die Speisekarte durchblätterte. Sie stand da mit einem dermaßen unverschämten Lächeln und tippte mit ihrem Stift auf ihren Block. »Wie immer?« piepste es so hoch aus ihrem hellrosa geschminkten Mund, daß die Teller kurz davor waren zu zerspringen.

»Was ißt du denn hier immer?« fragte ich ihn mit sanfter Stimme. »Ich, äh, äh, Carbonara esse ich hier immer, und du … Ja, ich nehme einmal Carbonara und einen Rotwein, und du?«
Er sagte: »Und du?« Und nicht, wie sonst immer: »Und du, Liebling?« Aber gut. »Ich werde das gleiche nehmen«, sagte ich, weil ich viel zu wütend war, um noch länger auf die Karte zu starren. Sie schrieb es in ihr kleines Buch, lächelte ein letztes Mal zu frech und verschwand.

»Was war denn das?« fragte ich. »Was ist heute abend das große Problem, wenn es irgend etwas gibt, dann sprich es jetzt aus, bevor das Essen kommt. Ich möchte nicht meinen ganzen Appetit ruinieren!«

»Was machen zwei Pakete gefühlsecht extra feuchte Gummis in deinem Toilettenbeutel?« fragte ich ihn, genau in dem Moment, als diese Hexe zwei Gläser Rotwein vor uns hinstellte. Sie kicherte und verschwand wieder Richtung Küche.
»Kannst du etwas leiser sprechen, oder muß jeder hier über unser Privatleben informiert werden?«
»Also, was bedeuten die?«

»O mein Gott, mein Gott, es wird mir langsam zu viel, wirklich zu viel! Kannst du nicht ein bißchen Vertrauen in mich haben, oder muß ich wirklich jede Bewegung erklären, die ich mache, jeden Schritt, ja, wohin und mit wem und – also bitte! Als ich vor ein paar Tagen über den Marktplatz gegangen bin, war da so eine Anti-Aids-Demonstration, und jemand hat mir die Dinger in die Hand gedrückt. Ich habe sie nur mitgenommen, um sie Karl-Heinz am Wochenende zu geben. Vielleicht kann er sie ja wieder einmal brauchen!«

»Ich dachte, Karl-Heinz hat Sex aufgegeben«, sagte ich schnippisch, aber doch erleichtert, weil es ganz unmöglich war, so eine Ausrede so schnell zu erfinden.

Die Bedienung kam zurück, knallte meinen Teller vor mich hin und schob ihm seine Portion lächelnd sanft zwischen die Gabel und das Messer.

Ach Gott! Er hat eben einen verdammten Charme, bei dem die Frauen schwach werden, dachte ich.

»So, geht der Nürnberger Prozeß weiter oder können wir jetzt in Ruhe essen?«

»Mit welchen Frauen ißt du in Restaurants, wo meine Freunde dich sehen können?« fragte ich, und wickelte ein paar Nudeln um meine Gabel.

»Ja, ich esse manchmal mit Journalisten, mit Kollegen, mit Schauspielerinnen, die Arbeit suchen, muß ich jetzt meinen Beruf wechseln? Du weißt, daß ich mit Menschen arbeite und nicht mit Nähmaschinen, und manchmal muß man auch mit Menschen Essen gehen, und manche Menschen sind leider Frauen... Kannst du jetzt bitte mit diesen blöden Fragen aufhören. Warum glaubst du, daß ich dich geheiratet habe?
Ich dachte, daß du ein für alle Mal weißt, daß du meine Nummer eins bist, wenn ich dich heirate!«

»Und wer ist Nummer zwei?« fragte ich.
»Du und du und du und du... Und jetzt halte den Mund und hör auf mit diesem Blödsinn«, antwortete er wütend.
»Mehr Wein?« fragte der grinsende Rotschopf plötzlich mitten in unser Gespräch...
Ach Gott, dachte ich, er sieht so müde aus, und ich

bemerkte, daß ich auch kaum noch aufrecht sitzen konnte ...

»Ich denke, ich fahre auf eine Woche zurück zu meinen Freundinnen«, sagte ich.

»Du weißt, wie sehr du mir fehlen wirst, aber ich habe im Moment auch so viel Arbeit und bin sehr gereizt. Wahrscheinlich ist es das beste, daß wir uns eine Woche nicht sehen«, sagte er schnell und drückte zärtlich meine Hand. »Mach dir keine Sorgen, Liebling, du weißt doch, daß ich dich liebe«, flüsterte er zärtlich.

»Ich dich auch«, antwortete ich und verzichtete darauf, noch eine Tiramisu zu bestellen. In der Nacht schlief ich so gut wie schon seit langem nicht mehr. Wir lagen Arm in Arm, und ich dachte, es wird uns wirklich gut tun, eine Pause zu machen.

Wahrscheinlich war es mein Fehler gewesen, daß ich mein ganzes Denken, mein ganzes Leben nur um ihn habe kreisen lassen. Ich muß wieder zu mir kommen, dann haben wir vielleicht eine Chance, wieder zueinander zu finden. Er war ganz einfach überarbeitet und brauchte Platz und Ruhe, und ich konnte sie ihm nicht geben. Abgesehen davon war ich einsam geblieben in dieser fremden Stadt und hatte Sehnsucht nach meinen Freunden. Am nächsten Vormittag packte ich wieder einmal alles, was ich brauchte, in meinen Wagen, umarmte ihn, küßte ihn extra lange, stieg ein, schob eine Kassette in den Rekorder und fuhr weg.

Lange Autobahnfahrten sind zwar furchtbar ungesund für alles, was lebt, mir geben sie aber trotzdem immer ein Gefühl von endloser Freiheit. Ich kurbelte das Fenster herunter und ließ den Wind mit meinem Haar spielen. Um Gottes willen, war war denn da losgewesen, was war denn das für ein Drama in den letzten Wochen? Diese blödsinnige Eifersucht, eine dumme, hysterische, mekkernde Ehefrau war ich geworden! »O du mein lieber Wind, nimm das alles bitte weg von mir.«

Er hat sich einmal bei mir darüber beschwert, daß ihm seine Ex-Ehefrau nie getraut hat. Na ja, obwohl? Offensichtlich hatte sie Grund dazu gehabt, weil er auch erzählt hatte, daß er ständig fremdgegangen war. Na ja, aber bei ihr war das etwas anderes. Sie war ein berechnendes unintelligentes Luxusweib ... Auf jeden Fall hatte er mir das so erzählt. Na ja, ich weiß das nicht so genau. Auf jeden Fall hat er mir das so erzählt und, na ja, auf jeden Fall hätte es so sein können. Na ja ...
Der Wind blies einfach alles weg, alles weg, alles,

alles weg, und nach vier Stunden Fahrt landete ich wieder in meinem kleinen Appartement. Mein Appartement, mein Territorium, meine Schutzzone. Jedes Ding, jeder Löffel, jeder Stuhl gehörte mir und war von mir ausgesucht worden. Mein kleines Stück Freiheit. Ich leerte den Briefkasten und auf dem Anrufbeantworter blinkten alle Lichter. Das liebe ich, ich liebe es, Briefe und Anrufe zu bekommen.

Ich hörte das Band ab, während ich auspackte, und setzte mich anschließend auf den Boden, um zurückzurufen. Ich rief Tammy an und schlug ihr vor, mit mir Essen zu gehen.

»Sicher, gerne, ich werde dich abholen. So um 20.00 Uhr, ist dir das recht?«

»Ja«, antwortete ich, »das ist mir recht.«

O Gott, wie schön ist es, Freunde zu haben, die du anrufen kannst, die du treffen kannst und – o Gott, es ist so schön.

Ich nahm eine schnelle Dusche und hüllte mich in ein großes, weiches, rosa Badetuch. Ich hatte unser Telefon-Anrufbeantworter-Fernabhörgerät dabei und wollte es jetzt wieder einmal verwenden. Wir haben, wie gesagt, den besten, tollsten, neuesten

Anrufbeantworter, der nur mehr eine technische Stufe davon entfernt ist, fliegen zu können. Auf dem kleinen Abhörgerät waren neun Ziffern. Nummer eins bis Nummer neun. Was kann denn die Nummer neun? Aha, mit der Nummer neun kann man die Raumüberwachung einschalten, um festzustellen, ob sich die Einbrecher auch wohl fühlen und die Hausbar entdeckt haben. Okay, das probiere ich jetzt einmal aus. War es wirklich nur, um zu schauen, wie es funktioniert?

Ich wählte unsere Nummer, drückte auf die Taste neun und... und... und... und... Ich konnte alles mithören in dem Zimmer. Alles, alles!
Es war wirklich ein kleines technisches Wunderwerk, das alles übertrug, so, als wäre man im Nebenzimmer. Alles! Ich hörte sie kichern, dieses dumme hohe Kinderkichern, ich hörte das Klirren von zwei Gläsern, ich hörte, als sie ins Schlafzimmer gingen, ich hörte, wie sie sich auszogen, ich hörte sie, ich hörte sie stöhnen, ich hörte ihn, ich hörte, ich hörte... O mein Gott, ich hörte alles!

Eine Stunde später klingelte es an der Tür. Ich saß immer noch mit nassen Haaren am Boden und hörte zu. Meine Freundin kam rein und sah in meinen Augen, daß ich irgend etwas Spannendes erlebt haben mußte. »Was ist denn los?« fragte sie. Ich gab ihr den Hörer. »Hast du eine Wanze in das

Zimmer gesetzt?« fragte sie entsetzt. »Nein, nein«, sagte ich und gab ihr die Gebrauchsanweisung für die Nummer neun.

»Ich verstehe das nicht«, sagte sie, dann las sie und sagte nur mehr »o mein Gott, nein, bitte nein...« Obwohl das eigentlich mein Text gewesen wäre.

»Vielleicht solltest du ganz schnell auflegen, ganz schnell auflegen...«

»Ich muß«, sagte ich, »ich muß, ich muß mir das anhören, ich muß ihn aus meinem Herzen rausbrennen, rausreißen, raus, raus, raus. Ich muß ihn vergessen, vergessen, vergessen...« Ich weinte und schrie, aber ich konnte den Hörer nicht auflegen.

Tammy ging in die Küche, öffnete eine Flasche Rotwein und schenkte mir ein Glas voll. Ich trank es aus, ohne hinzusehen, und dann das nächste und dann das nächste... Der Einheitenzähler auf meinem Telefon klickte und klickte und klickte. Irgendwann war Schluß und dann hörte ich, wie sie in unsere Küche gingen – in meine schöne Küche mit der kleinen alten Kuckucksuhr und... Sie machten Essen und lachten und redeten. Ich habe gedacht, er ist wieder einmal dabei, über seine Ex-Frau zu schimpfen, aber dann merkte ich, daß ich seine Ex-Frau war.

Er sprach nie sehr nett über seine Ex-Frau, er sprach nicht sehr nett über mich, und wenn ich genau zuhörte, stellte ich fest, daß er bei dieser Frau in meiner Küche genauso über mich schimpfte, wie er bei mir über seine Ex-Frau geschimpft hatte. Das ist alles nur ein ganz schlechter Traum, ein ganz billiger Film, ein ... Irgendwann legte ich den Hörer auf und weinte nur mehr ohne Pause. Meine Freundin legte ihre Arme um mich und hielt mich fest.

»Ich habe ihn geliebt, ich habe ihn so sehr geliebt, wie ich noch nie einen Mann geliebt habe«, rief ich. »Diese Spiele, diese verrückten Spiele, die er mit mir gespielt hat! So lange hat er seine wahnsinnigen Spiele mit mir gespielt, bis ich schon geglaubt habe, daß ich paranoid bin ...

»Hast du ihren Namen gehört«, fragte Tammy.

»Ja, ja, das habe ich«, antwortete ich – und es war nicht Marylin.

»Es ist alles so sinnlos, so sinnlos, und – ich habe nie einen anderen Mann auch nur angeschaut und er, er ... und sie, diese ...«

»Was tust du jetzt«, fragte Tammy nach einer langen Pause. »Ich haue ab, fahre weg, verschwinde; ich will diesen Mann nie wieder sehen, ich darf ihn

nicht wiedersehen, ich gehe weg. Männer, solche Männer wie er können nie in den Spiegel schauen, und ich, ich war ein Spiegel für ihn, in dem er seinen Wahnsinn sehen konnte und den Blödsinn, den er mit seinem Leben treibt.
Nein, ich muß weg, weg, weg, nichts wie weg. Er wird sicher bald eine neue Frau finden, ein neues Opfer, mit dem er sein Spiel von vorne beginnen kann... Und dann wird er sich mit ihr in der Öffentlichkeit zeigen, um sein Image als Casanova zu pflegen, so schnell wie möglich, bevor ich mit einem anderen Mann gesehen werden kann! Dann kann er wieder Torero spielen und, und, und... Ein anderer Mann? Ich will keinen anderen Mann, nie wieder will ich einen anderen Mann lieben, nach diesem, diesem... Er hat mein Leben ruiniert! Mein ganzes Leben!«

»Hör auf, dramatisch zu sein«, sagte sie und schenkte mir noch ein Glas Wein ein.
»Was soll ich tun«, sagte ich.
»Sag diesem Hurensohn was du von ihm denkst.«
In dieser Sekunde klingelte das Telefon.

»Hallo, mein Engel, hast du eine schöne Fahrt gehabt?«
O nein, wie konnte er so... wie konnte er so...
»Sehr nett, danke. Es war etwas windig – und wie war dein Abend?«

»O ziemlich langweilig, ich war unten und habe ein Bier getrunken, dann habe ich mir ein Bad gemacht und ein bißchen ferngesehen ... Ja.«

»Du hast mir vergessen etwas zu sagen, mein Süßer, etwas sehr Wichtiges«.
»Ja, und was?«
»Mir hast du nie etwas zum Essen gemacht nach dem Bumsen, mein Liebster!«

Ich habe ihn noch nie sprachlos gesehen, in der ganzen Zeit, in der ich ihn kenne, nie sprachlos, aber jetzt ... Jetzt war zwei Minuten lang Stille am anderen Ende. »O nein, nein, es ist alles ganz anders ...« Er war am Ertrinken, kämpfte um Luft. Ich zitierte all seine Kommentare und ihre Art und Weise zu jauchzen in den Hörer, um ihm klarzumachen, daß ich alles, aber auch alles gehört hatte. »Scheiße ... Scheiße, Scheiße, Scheiße ... Es tut mir leid, ich liebe dich, ich liebe dich, ich habe nie jemanden so geliebt, wie ich dich liebe ... dich!«

Ich legte den Hörer auf und schaltete meinen Anrufbeantworter ein.

Am nächsten Tag buchte ich einen Flug nach Indien und am übernächsten Tag verließ ich das Land, um nie wiederzukehren, nie mehr wiederzukehren, nie mehr wieder, nie.

O Gott, habe ich diesen Mann geliebt.

Es gab nur eines, und das war, diesen eingebildeten, verrückten, wahnsinnigen Geisteskranken zu vergessen.

Kann man nur jemanden hassen, den man liebt? Nein, ich glaube, man kann auch jemanden hassen, den man haßt. Gott, habe ich diesen Mann gehaßt. Aber ich habe diesen Mann auch geliebt, wirklich geliebt, wirklich, wirklich, wirklich geliebt und jetzt – nur mehr Haß ... Ich weiß, ich bin dramatisch. Aber was soll ich machen. Ich habe ihn ebensosehr gehaßt, wie ich ihn zuvor geliebt habe – und ich habe ihn so sehr geliebt wie nichts zuvor in meinem Leben.

»Wenn Frauen zu sehr lieben.«

Mein Gott, ist das ein blöder Satz, ist das ein blöder Gedanke, ist das ein Blödsinn! Ich habe das Buch gelesen und was ist der Inhalt? In einem einzigen

Satz zusammengefaßt: »Töte dein Herz und pflanze dir einen Stein ein, wo früher deine Gefühle zu Hause waren.« Aber das ist ja nur eines der vielen Symptome unserer kranken Welt: der Vorschlag, sich hart zu machen, um nicht verletzt zu werden.

Ich möchte aber lieber Schmerzen empfinden, als nichts mehr zu empfinden. Ich möchte nicht in einer Welt leben, in der es nur noch darum geht, keine Liebe zu empfinden, keine Sehnsucht, keine Hingabe. Es kann sein, daß es Menschen gibt, die so viel Angst haben vor ihren Tränen, daß sie lieber aufhören, etwas zu fühlen, anstatt sie hinausgehen und vielleicht einen Menschen finden, der genauso empfindet wie sie, der genausoviel Sehnsucht hat, Vertrauen und Wärme und Zärtlichkeit, und der nicht zu einem perfekten Kampfroboter werden möchte im Krieg »jeder gegen jeden«. Ich möchte und werde nicht aufhören können zu leben, und ich werde den Menschen finden, der irgendwo auf diesem Planeten lebt und der genauso denkt und fühlt wie ich.

Also gut, das alles liegt jetzt hinter mir.

Indien.

Indien ... wieder zu Hause ... Bagabeach, voll von

Menschen, voll von Freunden... Der Indische Ozean, diese Sonne, das Essen – Menschen... Wie schön war es, wieder unter Menschen zu sein, vielfarbige Menschen, bunte Menschen, Menschen, die noch voller Träume sind. Die Rajastani-Frauen in ihrer schillernden Kleidung, mit ihren Halsketten, Ohrringen, Armreifen, Fußreifen. Wie geschmückte Weihnachtsbäume sahen sie aus, als sie sich am Strand entlang bewegten, um Früchte zu verkaufen oder Tücher oder kleine Schnitzereien: Tiere aus Holz, kleine Löwen, Tiger, Elefanten, bunter Krimskrams, voller Freude und Zärtlichkeit. Die Kanatika-Frauen in lange, einfarbige Saris gekleidet, bewegten sich wie schwebende Flamingos in der Abenddämmerung...
»Coconut, Papaya, Pinapple!«
17 000 Düfte und Gerüche und Klänge und...
Das Leben einer Frau in Indien ist anders. Besonders das Leben einer Hindufrau. Mit zwölf Jahren zieht sie zu dem Mann, mit dem sie leben wird und den sie heiraten wird. Von diesem Tag an lebt sie in seinem Haus und schläft in seinem Bett – bis sie zum erstenmal ihre Tage bekommen hat, schläft sie neben ihrem Mann wie eine Schwester, dann erst darf er als ihr Ehemann zu ihr kommen. Jede Kultur hat ihren Wahnsinn und ihre Romantik. Ich habe mit den Frauen gesprochen, wie sie es erleben, verheiratet zu sein. Ich habe sie gefragt, wie ihr Mann ist, und wenn eine von ihnen glücklich

war, dann lautete die Antwort: »Er trinkt nicht, und er schlägt mich nicht.« In unsere Sprache übersetzt heißt das: »Er ist zärtlich, sanft, männlich und wohlhabend.«
Keine Frau in Indien würde ihren Mann so bezeichnen: Sie zählt das Negative auf, das er tun könnte und doch nicht tut, und das wiederum heißt, daß es ihr gutgeht. Es ist ein Leben voller Arbeit von früh bis spät und doch haben sie alle eine Ruhe und ein Lächeln in den Augen, das ich auf unseren Straßen so selten sehe. Ja, wenn ich ehrlich bin, muß ich sagen, ich sehe es fast nie.

Ich ging zu einer goanesischen Familie, die ich vor Jahren kennengelernt hatte. Nevita und Ansed Rodriguez – zwei Namen wie ein kleines Musikstück, und so war auch die ganze Familie. Sie begrüßten mich mit offenen Armen und offenen Herzen voller Freude und Willkommen. Ansed nahm meine Tasche und führte mich zu einem kleinen Haus.

»Du hast Glück, daß das Zimmer frei ist, aber das nächstemal mußt du uns vorher schreiben. Was ist los mit dir? Du schaust müde aus, sehr müde.«

Ja, müde, dachte ich. Ja, ich bin müde, das letztemal habe ich anders ausgesehen, das letztemal, als ich an diesem Ufer gesessen bin und der Sonne zugesehen habe, wie sie unendlich süß im Meer versunken ist.

»Vor ein paar Tagen erst haben wir über dich gesprochen«, sagte er, »und wir haben uns gefragt, wann du wohl wieder einmal zu uns kommen wirst. Vor langer Zeit haben wir einen Brief von dir bekommen, in dem du schreibst, daß du geheiratet hast, aber das kannst du uns alles später erzählen, jetzt komm erst einmal an und nimm eine Dusche. Wir warten auf dich und dann trinken wir eine Tasse Tee.«

So hatte schon lange niemand mehr mit mir gesprochen. Das Leben schien so einfach und zärtlich zu sein. So einfach, das ganze Leben hier war einfach.

Du triffst jemanden, du heiratest ihn, du hast Kinder mit ihm und verbringst dein ganzes Leben mit diesem Menschen ohne Telefon und ohne Anrufbeantworter.

Ich sah mich in meinem Zimmer um. Es war ein einfaches, helles, großes Zimmer mit zwei Fenstern, einem großen Bett und weißen, sauberen Bettlaken darauf. Ein paar Pflanzen standen an den Wänden, auf dem Boden waren Rattanmatten ausgebreitet. Ein Badezimmer schloß direkt daran an – es war klein und sauber und lächelte mir zu.

Was brauche ich mehr, dachte ich, öffnete die Fensterläden und blickte direkt in einen wunderschönen Garten, der voll war von den warmen Farben der tausend verschiedenen Blüten, die um die Wette strahlten und zwischen denen langsam und träge die großen Schmetterlinge herumflogen, die ich immer so sehr in diesem Land geliebt hatte. Die Luft war warm und überredete mich, meine klebrigen, verschmutzten Kleider auszuziehen und unter die Dusche zu gehen. Das Wasser rann warm über meine Haut und wusch alles weg. Den Flug, die Erinnerung, die Vergangenheit – die Vergangenheit. Ich trocknete mich ab und zog meinen Sarong aus der Tasche. Ein einfaches langes Tuch, das man in diesem Land um den Körper legt, wenn man so leben möchte, wie es die Menschen hier tun.

Ich steckte mein Haar hoch, zog meine braunen geflochtenen Sandalen an und ging zur Familie Rodriguez.

Nichts hatte sich verändert.

Der große dunkle Holztisch, der die ganze Küche ausfüllte, die zwei kleinen Töchter, Nanita und Nisha, die sofort, als sie mich sahen, auf mich zuliefen und mir ihre gesamten neuen Schulbücher und Puppen und alles, was wichtig war, zeigten. Nevita stellte eine Tasse Chai vor mich hin. O mein Gott, liebe ich diesen Geschmack und diesen Duft.

Chai.

Ganz langsam läßt man Zimt, Nelken und Kardamom in Wasser und Milch kochen, dann, im letzten Moment, gibt man etwas Tee dazu und zum Schluß süßt man das Ganze mit einem Löffel Honig. Ansed setzte sich neben mich und dann fingen wir alle an, unsere Geschichten zu erzählen.

»Wir haben uns so über deinen Brief gefreut«, sagte er und wartete, was ich zu berichten hatte.

»Ja«, sagte ich, »ich war sehr glücklich, aber es ist alles schiefgegangen.«

Die ganzen Erlebnisse der letzten Wochen und Monate sprudelten aus mir heraus, und alles mündete in ein einziges Wort: Untreue.

»Es überrascht mich, daß du darüber traurig bist«, sagte er, nachdem ich zu Ende gekommen war. »Wir haben wirklich geglaubt, daß ihr Leute aus dem Westen gar keine Gefühle mehr habt. Wir beobachten euch, wie ihr jedes Jahr mit einem anderen Partner herkommt, und selbst dann ändert ihr auch noch hier sehr oft eure Meinung und fliegt mit einem anderen zurück als ihr gekommen seid.«

»Wahrscheinlich hast du recht«, sagte ich, »aber ich denke schon, daß die Gefühle da sind, sie sind nur irgendwo ganz hinten im Herzen versteckt, wo sie niemand mehr finden kann. Wir leben bei uns in einer Welt, in der immer alles da ist: Du kannst dir nehmen, was du willst, und wenn du es nicht mehr willst, dann schmeißt du es einfach weg.«

Hmm, ja, kann man das wirklich so einfach sagen? Nur, weil jemand in Indien geboren ist, wird er seiner Frau auf immer treu sein? Das klingt zu schön, um wahr zu sein, und hängt doch vielleicht auch nicht nur von Liebe ab, sondern von ganz anderen Lebensbedingungen, die man mit unserer Welt, die wir gewohnt sind, überhaupt nicht vergleichen kann. Und auch bei uns im freien, freien Westen hat jedes Land seine eigene traditionelle Lösung für dieses Problem. Jede italienische Frau und Mutter von zwei Kindern weiß, daß sie damit leben muß, daß ihr Mann eine Geliebte hat, die ohne Sorgenfalten und Meckereien auf ihn wartet. Allerdings auch nur so lange, bis sie jemanden gefunden hat, der ihr auch zwei Kinder macht, um die sie sich dann sorgen kann. Hmm, vielleicht wäre es aber auch für eine Frau ganz schön, wenn das Spiel einmal umgekehrt funktionieren könnte. Wenn man nicht nur einen Nörgler mit Bauchansatz zu Hause hätte, der ungeduldig fragt, wieso keine Milch im Kühlschrank steht, sondern ganz selbstverständlich nebenbei auch einen jungen, frechen, hübschen Liebhaber, der einen verwöhnt und den man danach ohne Drama wieder verläßt.

Ach, ich weiß nicht, ist es das, ist es das wirklich? Ich glaube, das ist doch nicht mein Weg. Ich sehne mich einfach nach Treue, auch wenn das ein Fehler ist. Ja, er war mir untreu, aber, was viel schlimmer ist: Ich war mir selbst untreu!

Ich wanderte los in Richtung Meer. Es waren mehr Menschen da als in früheren Jahren, aber es hat mich komischerweise nicht gestört. Ich lag ausgestreckt in der Sonne und ließ mich langsam durchwärmen. Karl-Heinz und der Anrufbeantworter waren neun Stunden entfernt – ich war in einer anderen Welt. Ich war frei, frei zu tun, was ich wollte. Frei zu gehen, wohin ich wollte, frei zu lachen, frei zu reden mit wem ich wollte, ohne irgendwelche Kommentare und schiefe Blicke zu ernten.

Bagabeach.
In den ersten Tagen nach meiner Ankunft tat ich nichts anderes, als stundenlang über den weißgoldenen Sand zu laufen, der zwischen grünen Palmenwäldern und dem durchsichtigen Blau des Indischen Ozeans liegt. Ich sah den Fischern zu, die mit ihren langen schmalen Holzbooten aufs

offene Meer hinausfuhren und erst nach einem langen Tag zu ihren Familien zurückkehrten.
Sie brachten ihren Fang zu den Dörfern, in denen sie lebten und in denen sich das Leben bis zum heutigen Tag nicht von dem Leben unterschied, das hier schon jahrhundertelang üblich ist.
In der Mitte jedes Dorfes war ein großes rundes Loch im Boden – der Brunnen, aus dem alle ihr Wasser holten. Kinder waren den ganzen Tag damit beschäftigt, große tönerne Töpfe an langen Seilen hinunterzulassen und das Wasser heraufzuziehen, das die Frauen holten, um damit zu waschen und zu kochen. Noch läuft dieses Leben ungestört ab, aber schon werden die ersten riesigen Hotels gebaut, von denen ein einziges so viel Wasser verbraucht wie fünfzig dieser kleinen Dörfer...
Die Tage liefen vorbei, und der Strand wurde zu meinem Zuhause. In der Frühe stand ich auf und wusch mich im Hof. Das heißt, ich ließ Wasser aus einer Schale, die man in einen großen Bottich taucht, über meinen Körper rinnen, dann cremte ich meine Haare mit Kokosnußöl ein, um sie gegen die Sonne zu schützen, und ging ans Meer.
Am ganzen Strand standen kleine Strohhütten, die kreisrund gebaut waren und wie kleine Zirkuszelte aussahen. Diese zeltartigen Häuser waren Restaurants. Jedes führte eine andere Spezialität, und man konnte im Laufe eines Tages eine richtige Reise durch die verschiedensten Genüsse machen.

Begann man mit einem Tee, konnte man im nächsten Haus Reis mit Joghurt bekommen, im nächsten frisches Obst und Säfte und in einem anderen wiederum frischen gegrillten Fisch.
Man mußte auch nicht gleich bezahlen, sondern beglich erst am Ende eines langen Tages seine Rechnung, und so hatte man – zumindest für einen Tag – das Gefühl, bei Freunden eingeladen gewesen zu sein.
Ich saß oft einfach auch nur da, nachdem ich lange im Meer geschwommen war, und sah den Frauen zu, die ihre Waren verkauften.
Ich sah einem Yogi zu, der seine Übungen am Strand ausführte: weich, geschmeidig und gesund, ja, gesund und am Leben. Das Leben ist dazu da, gelebt zu werden, und sonst gar nichts.
Ich spürte, wie sich ganz langsam eine Entspannung einstellte, die mein Herz wieder ein wenig zu öffnen begann für all das Schöne, was mich hier umgab.

Eine junge Frau, die am Strand Früchte verkaufte, kam auf mich zu und fragte, ob ich eine Kokosnuß wollte. Ich half ihr, den schweren Korb, den sie auf dem Kopf trug, abzustellen, und dann sah ich ihr zu, wie sie mit einem Messer die grüne Kokosnuß aufschlug, einen Strohholm hineinsteckte und sie mir reichte. Ich begann, langsam zu trinken. Dieses herrliche kühle Elixier, dieses herrliche frische, süße Fruchtwasser, das durch einen sieben Meter langen Palmenstamm gewandert und gefiltert worden war, um sich endlich in dieser runden weichen Frucht zu sammeln und dort auf mich zu warten.

»Wie heißt du?« fragte ich. »Susila«, antwortete sie.

Das Leben war einfach hier: keine tiefen, unerträglichen analysierenden Gespräche, keine Lächerlichkeiten. Wir saßen eine Weile nebeneinander und sahen den Wellen zu, die eine nach der anderen an den Strand schlugen. Der Yogi war mitten in einem Sonnengebet und nichts um ihn herum konnte ihn stören.

Ein Sanyasi kam auf mich zu und setzte sich neben mich.

»Hey, bist du gerade angekommen?« fragte er mich mit einem Blick auf meine europaweißen Beine.

»Ja«, antwortete ich.

»Ich bin hier auf ein paar Tage, bevor ich zurückgehe nach Poona«, sagte er.

Poona.

Die Heimat der Sanyasin. Das Zuhause der Erleuchteten. »Erzähl mir über Poona und den Ashram«, sagte ich.

»Na ja, es ist ruhig, frei, alles ist erfüllt von Liebe

im Ashram, Liebe ... Man ist frei, das zu tun, was man will. Du kannst deine Tage füllen, wie du möchtest, du kannst tanzen, singen, alles was du willst! Oder stundenlang in einer großen Pyramide meditieren. Es gibt dort einen Raum, in dem jeder weint, und ein Zimmer, in dem jeder lacht, die Menschen sind offen dort und auf der Suche, auf der Suche nach Liebe.«
Hmm, dachte ich, ein bißchen wie ich, wie alle von uns, die noch Träume haben, die noch Hoffnungen haben – aber ich hätte nicht so schnell sagen können, für welches der beiden Zimmer ich mich an diesem Tag entschieden hätte.

»Hast du schon einmal etwas von Tantra gehört?« fragte er, und ich mußte an die wunderbaren Nächte mit meinem Mann denken und ...
»Im Ashram kann man Tantra studieren!« sagte er.
Ich entschloß mich, nicht mehr zu fragen, weil mir meine Phantasien in diesem Moment eigentlich genügten. Ein Dutzend Paare, durcheinandergewühlt auf weichen Matten und Kissen ... Nein, mich interessiert entpersonalisierter Sex nicht.

Mir ist ganz klar, daß eine Yoni eine Yoni ist und ein Lingam ein Lingam. »Nein danke. Was ich will ist Sexualität im Sinne von Liebe. Sonst gar nichts.« Er erzählte mir trotzdem weiter vom Ashram, und ich hörte ihm zu.

Wir sind einfach alle auf dem Weg, einer nimmt den Weg der Sanyasin, andere versuchen es alleine, und manche rasen durch Sex, Drugs und Rock 'n' Roll. In Goa findet jeder, was er braucht. In Goa kannst du alles tun, was du willst, oder du kannst alles vermeiden, wenn du es möchtest.
Es war nicht das erstemal, daß ich hier war, aber es war das erstemal, daß ich so alleine war. Ich war alleine, und ich wollte es sein. Ich wußte, an welchen Plätzen ich wahrscheinlich Freunde treffen konnte, aber ich vermied es, dorthin zu gehen, bevor ich nicht wieder gelernt hatte, mit mir alleine zu sein …
Ich wanderte, ich schwamm im Meer, ich dachte nach, ich schwieg, ich machte Yoga, und langsam, ganz langsam fing ich wieder an zurückzulächeln, wenn ich Menschen begegnete, die mich einfach freundlich grüßten.

An einem Abend ging ich zu »Titos Bar«, um dem Sonnenuntergang zuzusehen.

»Sie geht genau um 18.00 unter«, hörte ich jemanden sagen. »Bis sie ganz verschwunden ist, ich meine, von dem Moment an, wo die Scheibe das Meer berührt, bis zu dem Moment, an dem sie verschwunden ist, dauert es fünfeinhalb Minuten.«

Ist das Leben nicht zu kurz, um es mit Zahlen totzurechnen, dachte ich und verschloß meine Ohren vor diesen Computermodellen, die versuchten, die Schönheit begreifbar zu machen, und versank mit der Sonnenscheibe am Horizont.

Nachdem über dem Wasser nur mehr ein zarter violetter Streifen übriggeblieben war, stand ich auf und ging zu einem Restaurant, wo ich mich in früheren Jahren immer mit meinen Freunden getroffen hatte. Es gab wunderbaren gegrillten Fisch dort und süßen portugiesischen Wein.

Ich trat durch die Türe, und da war sie, Julia, nein es gibt keine Zufälle. Es war, als wäre die Zeit stehengeblieben. Julia saß da an unserem Tisch. An unserem Tisch, an dem wir früher immer gesessen waren und ...

Sie sah mich, sprang auf, lief auf mich zu und umarmte mich. »Ich hab es gewußt«, rief sie. »Ich habe es gewußt, daß du in diesem Jahr wieder bei uns auftauchen wirst, komm, komm zu uns, ich muß dir unbedingt jemanden vorstellen.«

Es war tatsächlich so, als wäre ich nie von hier weggegangen. Sie nahm mich um die Schultern und ging mit mir zu unserem Tisch. Wen wollte sie mir vorstellen – was wollte sie mir zeigen, wen sollte ich ... O Gott!

Seine Augen waren grün wie dunkler Smaragd, seine Nase, sein Mund, sein weiches blondes Haar, o Gott! Warum zeigte sie mir diesen Mann?

Wir haben eine Zeitlang miteinander geredet, d. h. er hat geredet, und ich starrte ihn nur an und sagte ab und zu ja oder ja oder so etwas in der Art.

Wahrscheinlich ist das nur ein dummes Fotomodell, das hier ein bißchen Farbe tanken möchte, dachte ich. »Ich arbeite mit Immobilien«, sagte er.

»Aha«, antwortete ich, und bemerkte, daß mir das alles völlig egal war. Er hätte auch Schlittschuh-Verkäufer in der Sahara sein können.

Irgendwann war es Zeit zu gehen. »Treffen wir uns morgen am Strand?« fragte er.
»Toll, warum nicht«, antwortete ich und ging zurück zu meinem Haus.
»Geh nicht zum Strand morgen, geh nicht zum Strand morgen, geh nicht ...« wiederholte ich immer wieder vor mich hin, bis ich endlich eingeschlafen war. Am nächsten Tag beschloß ich, in die Stadt zu gehen. Ich hätte alles getan, sogar einen Zoo hätte ich besucht, nur um den Strand zu meiden.
Mein Gott, mein Kopf war immer noch so voll von: Was hätte er an meiner Stelle getan? Er, der Mann, den ich einmal geliebt habe? Er wäre wahrscheinlich schon um 7.00 Uhr am Strand gewesen und wäre dann den ganzen Tag lang geblieben, bis er verbrannt gewesen wäre. Ich kann das nicht, dachte ich, ich brauche Zeit, ich ...

Als ich an diesem Abend aus der Stadt zurückkam und eben in mein Haus gehen wollte, fuhr Adonis rein zufällig auf einem Motorrad vorbei. Ganz locker parkte er seine Maschine vor meiner Türe.
»Hallo«, sagte er, »ich habe dich am Strand vermißt.«

»Ja, ich hatte in der Stadt zu tun.«
»Ah ja!«
»Ja, ja.«
»Aha, wie wäre es heute abend, wollen wir miteinander Essen gehen?«
»Ja«, sagte ich.

Ich fühlte mich wie ein nervöses Schulmädchen, als ich durch meine Garderobe wühlte, um herauszufinden, was ich am Abend anziehen sollte. Kurz nach 20.00 Uhr hörte ich das tiefe Blubbern seines Motorrades vor meinem Garten.
»Hallo, ist jemand da?«
»Ich komme«, antwortete ich und ging vors Haus. Da stand er, mit einer lebendigen Schönheit wie ...
»Wollen wir zu den ›26 Palmen‹ gehen. Das Essen dort soll phantastisch sein.«
»Toll«, sagte ich, stieg auf seine »Royal-Enfield« und wir fuhren los.

Normalerweise mag ich keine Motorräder, aber heute abend, heute abend war es etwas anderes. In den Kurven war ich gezwungen, meine Arme um seine Schultern zu legen und mich festzuhalten, und der Wind wühlte wieder durch mein Haar.

Das Restaurant war in einer alten portugiesischen Villa untergebracht, die in einem riesigen uralten Garten lag. Die Tische waren weit verstreut, weit genug voneinander entfernt, so daß man das Gefühl hatte, bei Freunden zu essen, und auf jedem Tisch stand eine Kerze in einem altmodischen bauchigen Windlichtglas.

Wir redeten und lachten, und er erzählte mir die Geschichte von seinen Geschäften. Er hatte sich im Alter von 23 Jahren ein großes Landstück am Dianybeach in Kenia gekauft. Es war ein Unternehmen, das nur mit Sieg oder völligem Untergang enden konnte. Er hatte Geld von einer Bank geliehen mit dem Ergebnis, daß er in den nächsten Jahren ununterbrochen an seinen Nägeln kauen mußte. Aber es hat funktioniert. Er hatte das Land in zwölf Parzellen aufgeteilt, afrikanische Häuser mit europäischen Bädern, und Küchen gebaut und sie der Reihe nach verkauft. Dann hatte er dasselbe Experiment in Thailand begonnen, danach noch einmal auf den Philippinen, und jetzt war er in Indien gelandet. Eigentlich hätte er nie mehr arbeiten müssen, aber er war nicht der Typ, der seine Hände in den Schoß legen konnte. Endlich war es Zeit zu gehen. »Wo willst du hin?« fragte er. »Ich meine, wenn du willst, kann ich dich auch nach Hause fahren.«
»Na ja, hast du schon einmal von diesem Palast auf dem Berg gehört, der alte Palast, der gleich neben dem Fort liegt?«

Kurz darauf fuhren wir durch die Nacht zu dem Schloß, das auf einer kleinen Anhöhe lag. Es war ein uraltes Bauwerk, das unbewohnt im Mondlicht vor uns lag. Wir gingen langsam über die Treppen und durch die gewölbten Hallen mit den runden Fensterbögen, durch die man das Meer in der Ferne sehen konnte. Plötzlich tauchte ein Wächter auf und leuchtete uns mit einer Lampe ins Gesicht.
»Was machen Sie denn hier?« fragte er.
»Wir wollten nur den Palast anschauen.«
Der Wächter blickte uns kurz an, dann sagte er: »Kommt mit mir.«

Er führte uns durch sämtliche Räume, Wege und Türen bis in den Hauptsaal. In der Mitte war ein großes Wasserbecken mit vier Brunnen an jeder Ecke. Über dem Bassin bildete das Dach eine riesige Kuppel und vom Hauptsaal führten vier Gänge in weitere Räume. Die Wände waren geschnitzt und mit kostbaren geschmiedeten Gittern ausgestattet, schöner als der Tadsch Mahal! Er führte uns durch einen der Gänge in einen wunderschönen Garten. »So, jetzt zeige ich euch meinen Lieblingsplatz«, sagte er, und dann gingen wir über eine kleine Brücke, die in den Park über einen schmalen Bach führte, und dann betraten wir eine künstlich gebaute Grotte. Der Wächter stellte seine Laterne hin und sagte: »Hier lasse ich euch kurz allein.«

In der Mitte der Grotte stand eine Art Bett oder Stuhl, der aus einem einzigen Stein gemeißelt war. Wir setzten uns hin und sahen, daß über uns keine Decke eingezogen war und daß man die Sterne und den Mond durch die kreisrunde Öffnung sehen konnte, an deren Rändern wilder Wein wucherte. Plötzlich nahm er meine Hand, wir saßen in völliger Stille, es war ... zauberhaft, bezaubernd und atemberaubend und um so viel schöner, als aus dem Fenster meiner kleinen Wohnung in Europa zu schauen.

Irgendwann kam der Wächter zurück und führte uns wieder hinaus. Nachdem mein Kavalier mich nach Hause gefahren hatte, küßten wir uns zum Abschied auf die Wange, und ich ging in mein Zimmer, legte mich in mein Bett und schlief ein.

Nach drei weiteren Tagen voller Heiterkeit nahm er mich am Abend mit zu sich. Er wohnte etwas außerhalb der Stadt, und kurz bevor wir bei seinem Haus angekommen waren, begann es zu regnen. Es war kein leichter Sommerregen, sondern der erste Vorbote des Monsuns: kein Regen, sondern ein Wasserfall, ein warmer Wasserfall. Innerhalb von Sekunden waren wir von Kopf bis Fuß durchnäßt. Wir liefen die Treppen der Veranda hinauf, er umarmte mich, küßte mich, hob mich hoch, trug mich in das Haus und in sein

Schlafzimmer, legte mich auf sein Bett und zog mich langsam aus ...

ZENSIERT

ZENSIERT

ZENSIERT

»Oh, mein Gott, Liebling, das war so wunderschön. Laß uns noch einmal mit . . .«

ZENSIERT

... daß ich nicht bemerkt hatte, daß zwei Wochen vorbeigegangen waren – zwei Wochen, wie ein himmlischer Blitzschlag.

Er mußte gehen. Er mußte nach New York. Also zogen wir uns wieder an. Wir traten vor das Haus und der Regen hatte aufgehört. Er setzte mich bei mir ab, küßte mich, und wir versprachen uns, daß wir uns in zwei Wochen in New York treffen wollten. Fünf Minuten später stand er wieder vor meiner Tür. »Ich mußte dich noch einmal küssen«, sagte er. Wir umarmten uns, dann ließ er mich los und fuhr davon.

Die nächste Zeit verging ruhig und gleichmäßig. Ich ging spazieren, ich schwamm im Meer, und ich sah der Sonne zu, wie sie fünfeinhalb Minuten lang versank.

Ich war wieder stark geworden, stark, so stark, wie schon seit langem nicht mehr.

Die Ehefrau, die nur auf »ihn« wartete, war gestorben. Das Spiel, an das ich in den letzten Jahren geglaubt hatte, war zu Ende. Ich war wieder am Leben. Indien hatte mich dorthin zurückgeholt, wo ich hingehörte. Plötzlich waren auch diese Tage zu Ende.

Plötzlich stand ich wieder mit meiner Tasche am Flughafen, um zurückzufliegen. Ich saß im Flugzeug und war atemlos. Neben mir saßen ein Mann und eine Frau, und sie hielten sich an der Hand. Sie nahmen das mit, was sie in den letzten Wochen miteinander gefunden hatten. Sie saßen da und hielten sich an der Hand und schwiegen. Ich sah aus dem Fenster und vor mir lag ein Gefühl von Erwartung und Stille, Freiheit und Mut. Ich hatte noch den Geruch und den roten Staub von den Straßen Indiens in meinen Kleidern. Ich hatte meine zerrissenen alten Jeans an und meine alte Jacke und fühlte mich wie ein Kind, das den ganzen Tag über im Freien gespielt hatte und es genossen hatte, sich schmutzig zu machen und nicht länger brav zu sein. Wie ein Kind, das trotzdem weiß, daß es am Abend nach Hause gehen muß.

Was würde auf mich warten, wenn ich zurückkomme?

Sicher keine Briefe von ihm und sicher keine Anrufe auf dem Band.

Langsam begann der Landeanflug. Wir setzten auf. Es war kalt. Ich starrte auf das Förderband, auf dem meine Tasche herangerollt kam. Ich stieg in ein Taxi und fuhr zu meiner Wohnung. Das

Licht brannte. Ich konnte es von der Straße aus sehen... Ich stieg die Treppen hoch, öffnete die Tür, und da stand er. Er stand da und sah mich an... Mein Mann... und sah mich an.

Es ist nicht lustig zu erkennen, daß man ein Idiot ist.

Es sei denn, man ist ein Masochist.

Noch weniger lustig ist es zu erkennen, daß man ein masochistischer Idiot ist, der fast alles in seinem bisherigen Leben falsch gemacht hat und eigentlich von einer Brücke springen sollte, weil es für die Zukunft keine Hoffnung gibt – oder?

Wenn ein Mann so schonungslos in den Spiegel schaut, gibt es nur zwei Gründe dafür – sein Wagen springt nicht an oder seine Frau hat ihn verlassen. Mein Wagen läuft wie geschmiert – also ist es das andere.

Gut – es ist einfacher, um den Brei herumzulaufen als hineinzuspringen. Aber es kommt der Punkt, an dem man hinein muß – koste es, was es wolle, und wenn der Brei auch noch so heiß ist.

Außerdem kann man ja nachher duschen.

Ja – sie hat mich verlassen.

Ja – sie ist weg.

Ja – sie ist in Indien.
Indien – das Land der Götter mit Elefantenkopf. Indien, das Land, in dem sogar die Reifen der ausgebeulten Taxis an das Karmarad des Buddha erinnern. Indien, das Land, in dem alle so sind, wie ich es noch nie war – nämlich heilig.

Alles klar – ja?! – Genau.

Ich habe sie betrogen, sie hat es erfahren, und sie hat sich einen Pax-Tarif genommen. So einfach ist das – so einfach. Und jetzt sitze ich hier auf meinem alten Sofa und kann nur mehr staunen, wie schlecht man ausschaut, wenn man drei Packungen Zigaretten am Tag auffrißt und vier Liter Bier am Abend trinkt – den Cognac, den ich im Laufe des Tages in mich hineinschütte, möchte ich nicht dazuzählen, weil ich ihn immer in den Kaffee kippe, damit ich mich nicht mit einem Schnapsglas in der Hand ertappe, bevor die Sonne untergegangen ist.

Galgenhumor nennt man so was, denke ich.

Galgenhumor …
Ja, ja … apropos – kennen Sie den von dem Klavierspieler, dem man eine Freude machen wollte und veranlaßt hat, daß sein Todesurteil mit einer Klaviersaite vollzogen wird und der daraufhin gebeten hat, die C-Saite zu nehmen, weil er keine Mißtöne als letzten Eindruck hinterlassen wollte?

Na gut – ich spüre schon, ich komme nicht darum herum.

Die Frage ist doch immer wieder die gleiche – wie konnte so etwas geschehen! Wie konnte so etwas geschehen, was schon Millionen anderen vor uns passiert ist, obwohl wir an unserem ersten Abend dachten, daß so etwas für uns völlig undenkbar sei –. Völlig unvorstellbar – ausgeschlossen, abzulehnen und ganz einfach – die Sünde –.

Vielleicht hilft es mir, wenn ich mich erinnere, wie alles angefangen hat – damals – vor zwei Jahren und einigen Monaten.

Damals, als die Sonne noch gelb war und der Winter noch weiß. Ich muß es herausfinden, wo der Punkt war, an dem es begonnen hat, falsch zu laufen. Der Punkt, an dem sich die Wege verirrt haben und der Satz »ich liebe dich« nur mehr ein Zitat war.

Ich will es nicht nur herausfinden, um bessere Formulierungen für mein Testament zu bekommen – ich will es wissen, damit ich ihr erklären kann, was mit mir los war – was mit uns los war in der Zeit, in der uns der Kompaß zerbrochen ist – weil ich, weil ich, weil ich sie noch einmal sehen möchte, um ihr die Wahrheit zu sagen. Über sie und über mich, das Leben und die Ewigkeit und Gott und das All und – ja verdammt – ich liebe sie immer noch ... Na und!

Es war ein Gewitter von der grausamen Art. Laut, nah, plötzlich, hart, schreiend ununterbrochen brüllende Blitze schmeißend, strömenden Regen vergießend und ohne Ende über den Wipfeln kreisend – grausam eben.

Ich lag in meinem Bett im ersten Stock dieses eigenartigen Hauses am Stadtrand, in dem ich meinen ersten Film drehen sollte, und sah durch die Balkontüre hinaus in die aufgewühlte Nacht.

Zwei Tage zuvor war ich in dieser Stadt angekommen, die mir so fremd war, wie einem kanadischen Biber die Ausgrabungsorte von Ankor Vat, und hatte mit der Arbeit begonnen.
Arbeit... Hmm... Kann man das rückblickend Arbeit nennen oder war es ein Rausch... Ein Fest... eine Selbstherausforderungsparty – ein Exzeß! Die Geschichte hat ihr endgültiges Urteil noch nicht gesprochen.

Egal – es war das bis dahin größte Abenteuer

meines Lebens, und ich stürzte mich hinein wie in die Schlacht bei Waterloo – fest entschlossen, das Feld als Wellington zu verlassen – oder doch zumindest als Blücher.

Einen Film zu machen heißt Lust dabei zu empfinden, daß man den Verstand verliert. Es ist wie ein Liebesabenteuer, das auf einem Flugfeld in Nairobi beginnt und – was heißt das?

Nun – wir kennen doch alle diese Geschichten – sie spielen vorzugsweise im Jahr 1944, in denen ein einsamer Spion bei strömendem Regen vor einer zweimotorigen Maschine steht und den Auftrag hat, die Papiere auf schnellstem Weg außer Landes... und so weiter. Da – plötzlich – er traut seinen Augen kaum – der Pilot ist kein Mann, sondern eine Frau – schön – kalt – unerreichbar – die Sünde eben. Er sieht sie – sie sieht ihn – er steigt ein und fliegt mit ihr nach Osten anstatt nach Westen...

Letzte Einstellung des Filmes: Die Papiere liegen verstreut auf dem Flugfeld, und der strömende Regen verwischt ihre Botschaft.

ENDE

So unerwartete Wendungen nimmt das Leben ei-

nes normalen Spions, wenn er nicht aufpaßt in Nairobi.
Das Leben eines Filmregisseurs besteht ausschließlich aus Momenten wie diesen – und die einzige Chance, den eingeschlagenen Weg trotzdem irgendwie zu meistern, besteht darin, sich nicht von Pilotinnen irritieren zu lassen. Wir wissen, worauf ich hinaus will.

Sie war die Pilotin.
Es war nicht einmal strömender Regen nötig oder irgendwelche Papiere mit der streng geheimen Botschaft, – sie wurde mir am Tag nach meiner Ankunft als eine meiner Mitarbeiterinnen vorgestellt und schon flog meine Maschine nach Osten.
Wir trafen uns in einer Hotelhalle, und sie drückte mir einen Zettel in die Hand, auf dem zu lesen stand, wer sie war und wie sie hieß und an welchen Filmen sie schon mitgearbeitet hatte und ihre Konfektionsgröße und – nein – halt – stop – zurück. Das stand nicht darauf, weil es gar nicht nötig gewesen wäre, ihre Kleidergröße trug ganz einfach die Überschrift »zauberhaft«.

Ich saß da mit diesem Zettel in der Hand und sah durch ihn hindurch in ihre Augen, die sie hinter einer betont häßlich ausgesuchten Arbeitsbrille verschanzt hatte und mit denen sie mich zutiefst seriös musterte.

O mein Gott, war sie zauberhaft.

Ich mochte ihre absichtlich unförmig ausgesuchten Hosen – ihren viel zu weiten, viel zu dunkelblauen, viel zu dicken Pullover und all die anderen Zutaten, die mich davon ablenken sollten, daß sie ganz einfach zauberhaft war …

So weit haben wir es gebracht, dachte ich mir – so weit, daß eine zauberhafte junge Frau verbergen muß, daß sie eine zauberhafte junge Frau ist, damit sie nicht nur aus dem Grund, weil sie eine zauberhafte junge Frau ist, einen Job bekommt.

Ich habe sie so gut verstanden in diesem Augenblick, daß ich ihr nicht gleich sagen wollte, wie zauberhaft ich sie finde, sondern ihr Bonbons angeboten habe.

Ja – ich bin jemand, der Trost braucht, wenn er in der Fremde ist, und diese süßen Bonbons aus meiner Heimat waren minutenlanger Trost angesichts solcher Grausamkeiten, wie sie diese zauberhafte junge Frau offensichtlich erlebt haben mußte. Also schob ich ihr die Tüte mit meinen Heiligtümern hin, um nicht sofort mit der Türe ins Haus zu fallen, sondern um ihr auf einem süßen Umweg zu zeigen, wie zauberhaft ich sie finde –. Zwei Tage später waren wir ein Team.

Brennend zerschlug ein Blitz direkt vor meinem Fenster einige Billionen atmosphärischer Atomverbindungen und hinterließ einen Geruch nach Ozon und Hölle . . .

Zu dramatisch – dachte ich, während ich mit einem Bein gegen die Jalousietüre stieß, die der Sturm zugedrückt hatte, um weiterhin ohne Zensur in die Naturgewalten blicken zu können.

Zu dramatisch – ich bin einfach viel zu dramatisch in meinen Hoffnungen – in meinen Sehnsüchten, in meinen alltäglichen Gewohnheiten. Ich funktioniere einfach zu sehr wie ein Jo-Jo am Zeigefinger des großen Unbekannten hinter den Wolken, der dieses Jo-Jo immer nur zwischen den extremsten Polen der Sentimentalität hin- und herschickt und ihm dabei immer nur eine Tausendstelsekunde der Balance gönnt, wenn es auf seiner Bahn an dem Punkt, der genau zwischen Himmel und Hölle liegt, vorbeikommt.

Einfacher gesagt – für mich gibt es immer nur Hopp oder Drop.

Wir waren, wie gesagt, durch den sogenannten »Zufall« ein Team geworden und ab einem gewissen Moment wollte ich nichts anderes, als dieses Team auf die Rennstrecke schicken, die man »Das Leben« nennt.

Dieser Moment hatte wie alle historischen Momente etwas Lächerliches und Erhabenes im selben Augenblick.

Der Moment trat an uns in der Gestalt einer Schokoladentorte heran und wer mich kennt, weiß, was es für mich bedeutet, mit jemandem so etwas Erhabenes zu teilen.

Tiefschwarz wie die Nacht war das dreieckige Stück Schlankheitswahn-Sabotage, das ich auf meinem Teller hatte, den ich durch den Garten trug, der um die Villa lag, in der wir drehten und in deren erstem Stock ich noch so manches Gewitter erleben sollte.

Tiefschwarz war es, und samtig zart zerriebene Mandeln ließen es nicht nur duften wie sämtliche Spezereien des fernen Orients, sondern schlichtweg zu einer Reinkarnation der Sünde werden –

und die soll ja, wie man sagt, süß sein. Führt das zu weit... ich weiß es nicht... Wenn ich ehrlich bin, weiß ich überhaupt nichts mehr von alledem, was ich einmal wußte und was die Geschichte meines bisherigen Lebens ausmachte...

Nichts ist dem Leben klein genug, um nicht daraus den Auslöser für einen Weltkrieg oder eine Liebesgeschichte zu machen. Kein Regenguß banal genug, um nicht einen Napoleon in Waterloo an den zu nassen Hügeln scheitern zu lassen, auf denen seine Garde nicht so schnell bergauf stürmen konnte, wie es nötig gewesen wäre, um den alten Wellington für immer in die Klasse der Verlierer einzureihen. Keine mit zartem Amaretto-Duft gewürzte Schokoladentorte hilflos genug, um mit ihr nicht den Startschuß zu geben für die einzig wahre Liebesgeschichte meines Lebens.

Alle Weisen dieser Welt lehren uns lächelnd auf irgendwelchen Hügeln sitzend das Ziel des Daseins, sei es, den Egoismus zu überwinden und ruhig sitzen zu bleiben.

In Ordnung – denke ich mir manchmal – auf irgendwelchen Hügeln gibt es auch keine Mandeltorten und wirkliche Größe kann man doch letzten Endes nur dann beweisen, wenn man angesichts einer realen Versuchung widersteht – oder?

Ich möchte nicht sehen, wie schnell denen das Lächeln vergehen würde, wenn einer so wie ich mit seinem Teller vorbeiginge und sagen würde – »überwinde du nur dein Ego – ich denke nicht daran, diese Torte hier zu teilen«. . . . Na eben.

Jeder versteht also jetzt an diesem Punkt, was es bedeutet, daß ich mit meinem Kuchenstück auf sie zusteuerte und zu ihr sagte: »Wollen wir das teilen?«

Sie sagte – ja – und lächelte, und aus mir lächelte es zurück, und ich hätte alle Torten der Welt gegeben, wenn nur all die anderen Menschen blitzartig verschwunden wären und ein Vollmond über den Bäumen erschienen wäre und ich sie zu leiser Musik hätte fragen können, ob sie noch ein zweites Stück möchte.

Seltsamerweise sagte sie in diesen Moment der Hoffnung hinein »ich muß jetzt gehen« und hinterließ mit diesem Satz in mir einen Geruch nach Ozon und Hölle . . .

Ich nahm trotzdem ihre Hand und sagte »ich begleite dich zum Wagen«. Und als ich das sagte, mußte ich beinahe stottern, weil zwischen unseren Händen eine kleine Sonne aufgegangen war.

Es war wie ... es war wie ... war das Liebe?

Kann mir jemand erklären, was das war, ohne mir mit den gängigen Erklärungen von Auraverschmelzungen die Ohren zu verkleben und damit jedem Zauber den Garaus zu machen.

Ich weiß nicht, was es war, und darum möchte ich es gerne Liebe nennen, weil es dieser Moment war, der alles andere, alles, alles, alles andere in Gang gesetzt hatte und letzten Endes dafür verantwortlich ist, daß ich schweren Herzens sagen kann, ich liebe sie noch immer ...

An diesem Abend war von derart geschichtlichem Ausmaß noch keine Rede. So umarmte ich sie bei ihrem Auto, so sachlich, wie es meine südliche Genetik zuließ, und sagte etwas Unverbindliches wie »also dann – ich sehe dich morgen«.

Ich sah ihr zu, wie sie einstieg, wendete, sich einmal verschaltete und davonfuhr. Langsam ging ich daraufhin in den Garten zurück, wanderte mit seltsamer Unverbindlichkeit zwischen den anderen Leuten meines Teams umher und zog mich daraufhin sehr bald in mein Zimmer zurück. Ich legte mich ins Bett und wenig später begann dieses Gewitter, das mich nun schon so lange in meiner Erinnerung begleitet.

Was macht sie jetzt wohl in Indien... Hmm... Ob sie Essen geht... mit einem anderen... Ich hab so ein... Hmm... ob sie ihn anlacht... hmm... ob er ihre Hand hält – hmm – na ja – wer die »Titanic« gegen einen Eisberg lenkt, darf sich nicht wundern, wenn sie sinkt. Aber eines ist sicher – in Indien ist es viel zu heiß, um so ein knappes, enganliegendes hinreißend kopfverdrehendes Kleid anzuhaben, wie es der Traum war, den sie zwei Tage nach dem Gewitter um ihren atemberaubenden Körper gegossen hatte.

Ist mir völlig egal, ob das zu dramatisch ist – wer sie an diesem Abend gesehen hätte, würde resignierend einsehen müssen, daß Duelle um eine Frau nie von diesem Planeten verschwinden können, weil demjenigen, der mir gesagt hätte, daß er an diesem Abend nicht an ihrer Seite hätte sitzen wollen – demjenigen hätte ich ins Gesicht gelacht und ihn gleichzeitig niedergeschossen –, weil es sich nur um ein Täuschungsmanöver hätte handeln können mit dem Ziel, mich unaufmerksam gegenüber den Gefahren des Dschungels zu machen.

Ausradiert – sie hatte es einfach ausradiert –, keine Brille, kein Pullover, keine Sicherheitsschlösser am zweifach gewickelten Schottenrock!

Warum?
Wieso ...?
Ein Zeichen ...?

Eine Ahnung – wie sehr mich ihre Wahnsinnsbeine in diesen gefährlich hohen, unwiderstehlich hohen Stöckelschuhen auf ewig aus dem Reich der Androgynität verbannen sollten?!

Ich war aufs herrlichste verwirrt und bestellte den zärtlichsten Rotwein, den der Keller auf Lager hatte, und versank in ihrer Anmut.

Jetzt nur keinen Fehler machen – dachte ich mir, und vielleicht war dieser Gedanke schon einer der ersten Irrtümer im Labyrinth der Sehnsucht, an dessen Ausgang das ewige Glück warten soll.

Was heißt denn das »jetzt nur keinen Fehler machen« – was heißt das?!

Das heißt doch, daß man dem Menschen, dem man gegenübersitzt – der urplötzlich und sternschnuppengleich in die eigene Atmosphäre unserer Persönlichkeit eingetreten ist, nicht verschrek-

ken will – sondern ihn zu einem Satelliten-Dasein verführen möchte, das auf lange Zeit die Einsamkeit besiegen soll und nicht nur kalte Asche nach dem Verglühen zur Folge haben möge –.
Nun gut – was tun?
Wie handeln?

»Jetzt nur keinen Fehler machen« ruft die Angstzentrale im Herzen und versucht, nur die schönsten Bilder des eigenen Selbst zu senden, die den anderen entzücken sollen – und was ist das Ergebnis?

In allen italienischen Restaurants sieht man Frauen jungen Männern gegenübersitzen, die nicht nur weder schmatzen noch rülpsen – was durchaus zu begrüßen ist, sondern darüber hinaus ausschließlich Interesse für die späte Malerei Tintorettos zu erkennen geben – das Eingreifen der Amerikaner in Kuweit angesichts des seit Jahrzehnten in dieser Region herrschenden Imperialismus als zumindest bedenkenswert erleben – und mit Einstein einer Meinung sind, daß jeder Tag des Lebens nur dazu führen könne, ein immer größerer Staunender zu werden.

»Keinen Fehler machen« – nennt man das, und weil sie alle gesehen haben, wie Lady Marrion Errol Flynn als Robin Hood anhimmelt, glauben sie, daß man Frauen dadurch erobern kann, daß man den grünen Filzhut der Unschuld trägt und ausschließlich weiße Pferde reitet.

Ich habe das auch geglaubt.

Ich habe geglaubt, daß es sie nicht in eine Umlaufbahn um mein Herz verführen könnte, wenn ich ihr den Schlüssel zu meinem Keller in die Hand drücke, in dem mehr als eine Leiche dunstend vermodert.

Himmel – ich weiß, daß es eine fast nicht zu schaffende Meisterleistung darstellt, sich selbst so zu zeigen, wie man ist – von Kopf bis Fuß – und darunter hinaus. Es gleicht der Quadratur des Kreises, mit einer Hand die Fratzen der eigenen Dämonen zu malen und gleichzeitig mit der anderen die schimmernde Rosette über dem Altar der eigenen Engelhaftigkeit zu zeigen.
Entweder verblöden wir uns selbst und gleichzeitig damit den umworbenen Menschen, indem wir eine goldene Feder nach der anderen aus den Flügeln unserer Unschuld zupfen, um sie ihr zu Füßen zu legen – oder aber wir vertreiben ihn durch falsch verstandene Ehrlichkeit, indem wir die abgeschlagenen Köpfe unserer Unzulänglichkeiten aus bluttriefenden Körben ziehen –, frei nach dem unsinnigsten und dümmsten aller Sätze – »So bin ich nun mal!«

Wir sind aber nicht »nun mal so«, sondern lebenslang vorwärts bewegt durch den Versuch, die Oase unserer schönsten Möglichkeiten täglich vom Flugsand unserer inneren Faulheit zu reinigen.

Schwärmerisches Bild, nicht?

Was soll's. So bin ich nun mal.

Vor allem sollte sie nicht schon am ersten Abend merken, wie gerne – wie gerne – wie gerne ich neben ihr in einem Bett gelegen hätte ...
Na ja, nicht nur neben ihr – aber ich wollte jetzt keinen Fehler machen und – da ... bitte – da ist es schon wieder, immer wieder die alte Scheiße – altkatholische Geninformationen schwärzester Bauart.

Warum sollte es ein Fehler sein, jemanden am ersten Abend wissen zu lassen, wie einsam man sich in endlosen Nächten im ersten Stock fühlt, in denen die einzigen Blitze vor dem Fenster stattfinden und nicht zwischen ... Warum nicht?!

Damit sie nicht denkt, daß ich denke, sie sei eine billige Hure? Blödsinn –. Weil es zum Ritual der Langsamkeit gehört, das ja eigentlich wunderschön ist – wenn es am Ende einem einzigen Ziel dient – nämlich zu lieben, nicht zu benutzen, nicht zu bekämpfen, nicht nur erobern zu wollen, weil es eine weitere Kerbe auf dem Revolvergriff geben soll – sondern zu lieben.

Ich weiß nicht, ob ich an diesem Abend schon wußte, daß ich sie für immer lieben werde – ich wußte nur, daß ich keinen Fehler machen wollte, und so verabschiedeten wir uns wie zwei scheue Rehe, die staunend in ihr Dickicht zurückkehren, nachdem sie den anderen durch einen ersten zarten Nasenstupser geahnt hatten –. Wir haben doch alle Bambi gesehen und geweint.

Nach diesem Abendessen mußte ich selber staunen, wieviel ich noch immer über die maurische Beeinflussung der Baukunst Süd- und Mittelspaniens wußte und schwor mir, sie mindestens sechs Wochen lang nicht wissen zu lassen, daß in meinem Bett ein zweites Kopfpolster auf sie wartete.

Am Tag darauf saßen wir in einem kleinen italienischen Lokal und freuten uns an der Pause, die uns unsere Arbeit gönnte, weil es der Beginn einer Woche war, in der wir nur in der Nacht zu drehen hatten, und die Tage daher frei waren für den Versuch, keinen Fehler zu machen.

Mindestens sechs Wochen – schwor ich mir, als ich an meinem zweiten stark übersüßten Espresso nippte und wie von Opium umnebelt in ihre tiefdunklen Augen versank.

»Okay, laß uns zu dir gehen –« sagte sie plötzlich, ohne mit der kleinsten ihrer unwahrscheinlich langen Wimpern zu zucken, die nicht das mindeste Stäubchen helfender schwarzer Tusche nötig hatten.

Laß uns zu dir gehen – hatte sie gesagt, und man weiß, was dieser Satz in dieser unserer heutigen Zeit bedeutet.

Was tun –

Wie sollte mein männliches Ego damit umgehen, daß sie die Initiative übernommen hatte und sich offensichtlich nicht im mindesten um meinen schönen, wohldurchdachten Sechs-Wochen-Plan kümmern wollte.

Wenn du meinst – antwortete ich, und verschaltete mich kurz darauf, als wir in ihrem Wagen zu mir brausten. Man sollte einmal eine Generalinspektion machen, denke ich mir, weil ich dieses Krachen im Getriebe nicht ausstehen kann... Wirklich – es zieht einem den Nerv, wenn man von dem Dritten in den Zweiten schalten will und Gott weiß warum in der ersten Ganglage landet...

Nun gut – aber dieses Problem steht auf einem anderen Blatt und ist nicht mit dem Problem zu vergleichen, das ich hatte, als sie plötzlich – tatsächlich – und mehr als real in meinem Bett lag.

Es gibt ja Leute, die behaupten, daß die größten Kunstwerke dadurch entstanden sind, daß der Herr Künstler ein Erlebnis des Versagens als Mann zu verdrängen hatte.

Hausmeister-Psychologie – alles Hausmeister-Psychologie –. Ich weiß – ich weiß –, aber trotzdem war meine künstlerische Leistung als Regisseur in dieser Nacht außerordentlich – ja – ich möchte fast sagen, sie war überdurchschnittlich und... Wozu in diesem Punkt bescheiden sein – am Nachmittag war ich es nicht.

Ich kann es mir auch nicht anders erklären als mit einem plötzlichen Gabenschock, der ja so viele in dem Moment abstürzen läßt, in dem sie das Gipfelkreuz in Reichweite haben.
Alles, alles, alles hat man für diesen Moment zusammengetragen, um den Kraftakt zu bestehen. Die Steigeisen sind aufs schärfste zugespitzt, der Pickelgriff mit handfreundlichen Elastoson-Noppen ausgestattet, die ein Abrutschen unmöglich machen. Die zweifach getönte, randentspiegelte Schneebrille sitzt gipfelsturmfest auf den UV-

Strahlen undurchlässigen Cremeschichten, die des Bergsteigers Backen vor den Reißwinden der höchsten Höhen schützen... Da – noch wenige Meter – eine letzte Nebelwand zerreißt – schon verzaubert das Lächeln des nahenden Sieges die Lippen des Athleten – der einstmals fernste Punkt ist glasklar nahe – ein letzter Schritt –

Lawinenabgang –
Absturz –
Beinbruch –
Aus.

Mit anderen Worten – ich hab ihn nicht hochbekommen. Na und – soll ich mich jetzt erschießen – ich spreche ja nur von dem einen Mal. Was in den zweieinhalb Jahren nach diesem Nachmittag geschehen ist in dieser Beziehung, könnte den zweiten Teil des Kamasutra darstellen – aber ich möchte niemanden angesichts ruhig zu erzählender Tatsachen unter Erfolgszwang stellen.

Damals aber – damals war es eben so – und Jesus Maria – das kommt eben vor. Lassie ist auch nicht gleich bei der ersten Klappe über den Zaun gesprungen.

Die Frage ist nur – warum ist das so?

Weil der Zaun zu hoch ist – oder weil der Requisiteur zu wenig Wurst auf die andere Seite gelegt hat, die Lassie zur Höchstleistung bringen sollte? Nein – ich denke, es ist, weil sie das Gefühl gehabt hatte, daß alle von ihr erwarteten, daß sie gleich bei der ersten Einstellung in vollem Karacho und ohne ein Fragezeichen in ihrem Körper die Hürde meistern würde –. Das geht nicht.

Nein, wirklich – ich denke, so geht es nicht. Man braucht Vertrauen von den Zuschauern, daß es klappen wird, und keine Erwartungshaltung.

Sie war so wahnsinnig schön und zauberhaft, wie sie da plötzlich nackt in meinem Bett lag – einen Arm seitlich über meinem Polster gestreckt – ihren Kopf leicht angehoben auf dem für sie reservierten Kissen ... lächelnd wie –.

Lächelnd ...
Ja – warum lächelt sie, dachte ich mir, während ich mein Hemd auszog und meinen Gürtel öffnete ...

Ich kann nichts dafür, daß ich in erster Linie ein Arbeiter der Stirn bin und wenig Zeit habe stundenlang Yoga on the beach zu machen – bis ich zwar restlos verblödet bin, aber dafür aussehe, wie Jonny Weißmueller vor seiner schweren Krankheit –.

Bin ich ihr zu mollig – dachte ich – und zog unwillkürlich den Bauch ein. Ich meine – ich bin nicht Peter Ustinovs Enkel, wirklich nicht – aber plötzlich dachte ich mir, daß es ihr vielleicht deswegen ein Lächeln ins Gesicht zauberte, weil sie sich ausrechnete, an welchen Stellen sie sich oberhalb meiner Hüften festhalten könnte – falls wir einmal in Bergnot sein sollten.

Nun gut. Das war die »Jetzt-hab-ich-glücklich-das-Hemd-ausgezogen«-Panik –, die aber ein Klacks war gegen das Abstreifen meiner geliebten »Wir-gehen-durch-dick-und-dünn«-Jeans, in denen ich auf zwanzig Meter Distanz wirklich wie ein unaufdringlicher Mann für unbestimmte Stunden wirken konnte.

Die Römer wußten ganz genau, was sie an ihren Togen hatten, die Inder wissen ganz genau, was der Vorteil eines Sarong ist. Der Afrikaner schätzt lächelnd seinen Lungi. Alle Menschen, die die Kultur der Erotik als Ziel des Lebens haben, tragen keine Hosen, sondern um die Hüfte geschlungene Tücher – basta.

Es geht einfach nicht.

Es geht nicht – man kann nicht erotische Gefühle ausstrahlen und gleichzeitig mit der Ferse in den

Jeans hängenbleiben, wenn man versucht, sie betont lässig vom Körper gleiten zu lassen. Lässig – ohne dabei den Augenkontakt mit der Geliebten zu unterbrechen oder gar das Lächeln absterben zu lassen, das ja signalisieren soll »wart's nur ab, Henry Higgins, wart's nur ab«. – Es geht nicht, ging nicht und wird nie gehen.

Als ich endlich aus diesem Teufelszeug draußen war, spürte ich, daß sie mich betrachtete, und ich sah, daß es kein Zeichen für zu erwartende Vulkanausbrüche an mir gab, und dann lächelte sie noch sanfter, und das gab mir ganz einfach den Rest.

Ich lag neben ihr und hielt sie im Arm, und sie deutete mir an, daß – »so was vorkommen kann« – und nur mein Ehrgeiz, zumindest eine Nacht lang eine Kompensationsleistung in meinem Beruf zu vollbringen, die sich gewaschen hat, verhinderte, daß ich aus dem Fenster sprang.

Vielleicht hätte ich es doch auf meine Art versuchen sollen ...

Hmm ... vielleicht – vielleicht – hätte ... sollen ... glauben ... mögen – Ach Gott – was wäre denn so anders gewesen an »meiner Art«?

Na ja – ich hätte es unauffälliger versucht – unauffälliger heißt ... ich habe die Erfahrung gemacht, daß diese verdammten, mit so viel Spannung ersehnten Erstzusammenstöße immer nur zu Spätschäden führen. Es ist wie eine Dunkelkammer, bei der dauernd jemand die Türe aufreißt, obwohl das Rotlicht zeigt, daß die Entwicklung noch im Gange ist –, den Kopf reinsteckt und »Na – wie ist es« fragt.

Ich wäre einfach gerne noch – sagen wir – fünf Wochen, nachdem wir in aller Ruhe den Film beendet hätten, eines Nachts neben ihr gelegen ... Selbstverständlich wäre das nicht die erste Nacht gewesen, sondern – sagen wir – die vierte Nacht ... Drei Nächte lang, die zwanglos mal hier und mal da stattgefunden hätten, wären wir einfach nebeneinander gelegen und hätten einander Geschichten aus unserer Kindheit und Jugend erzählt ... hätten wir – sagen wir zwanzig bis dreißig Minuten lang den anderen ruhig und ohne Atembeschleunigung im Arm gehalten, und wären dann ohne Bedauern eingeschlafen.

In dieser vierten Nacht nun hätte ich dann irgendwann, ohne zu zögern, mein T-Shirt ausgezogen, sie tief umarmt, wäre voll satter, unbezwingbarer Männlichkeit in sie eingedrungen und die idiotischste aller Fragen, nämlich: »na – wie war's«

wäre nie gefragt worden, angesichts unserer Liebeslustrausch durchfeierten Vermählungsnacht.

Schwachkopf – mach die Augen auf und sei ein Mann, dachte ich, nachdem ich meine Verbitterung über mein Versagen weggesteckt hatte, und einige Tage später lagen wir rasend vor Glück, Erleichterung, Freude, Lust und Vermählung im Bett, und für den Sieger in mir war es überhaupt keine Frage, warum sie den ganzen darauffolgenden Tag dieses strahlende Lächeln nicht von ihren Lippen verbannen konnte.

In dieser ersten Nacht ist mir aber noch viel mehr klargeworden. Viel mehr als die Tatsache, daß Männlichkeit eine zartere Sache ist als John Wayne vermuten läßt. Wir lagen die ganze Nacht hindurch wach und umarmten einander in einer Weise, die weiter ging als das, was man Sex nennt oder sogar Liebe machen oder... Was immer uns einfällt für die Beschreibung dieses Himmels. Nach einer Zeit lagen wir nur mehr still beieinander und atmeten einen Atem und in uns schlug ein Herz und unsere Augen, die sich in unsere Augen versenkten, waren zu einem einzigen Blick geworden, der alles wußte und alles sah und alles...

Wir waren nach Hause gekommen – nach Hause...

Na toll, du Weltmeister – und warum ist sie dann jetzt um 21 Uhr mitteleuropäischer Zeit in Indien – um dich zu vergessen – und du scheißt darauf, was die fünf Bier jeden Abend mit deiner ehemaligen Taille anstellen – warum bitte – ha?! Warum, du Fettwanst, du eingebildeter – »Nach Hause... nach Hause« – hatte wohl nur vier Wände, aber kein Dach, euer »Zuhause«. Du Volltrottel – du egoistischer, saublöder... Kein Dach und keine Türe – so daß es reingeregnet hat und jeder Dorftrottel ohne Hindernis eure Stühle und euer Bett raustragen konnte aus euerm »Zuhause«.

Aufhören – Schluß machen – Aufwachen, du Mißgeburt – so heilen Wunden nicht, indem man sie dauernd mit der Zunge der seligen Erinnerungen leckt – schau dich an, wer du wirklich bist und was du falsch gemacht hast – und dann erst – dann erst darfst du vielleicht – wie E. T. mit deinem Finger zum Himmel deuten und voller Sehnsucht »nach Hause« flüstern.

Faulheit, Dummheit und Egoismus.

So knapp und eindringlich kann man es zusammenfassen, wenn man mich nach den Ursachen meines Scheiterns fragt.

Faulheit, Dummheit und Egoismus und dazu

noch ein unerschöpfliches Reservoir an Ausreden, wenn es darum geht, sich für diese drei Grundtugenden eines Versagers zu entschuldigen.

Ah ja – Angeberei kommt natürlich auch noch dazu, die herausragendste Perle in der Krone eines Primaten, von dem man schwer erkennen kann, ob er entwicklungsgeschichtlich über oder unter einer Amöbe anzusiedeln ist.

So – das war's wieder einmal.

Selbsterkenntnis – o Selbsterkenntnis – nicht einmal im ruhigen, realistischen Betrachten seiner Schwächen kennt der Scheiternde seine Grenzen...

Wozu dieser weit über das Ziel hinausschießende Vergleich mit der Amöbe –. Um Mitleid zu erwekken und der Zuhörerschaft ein begütigendes »Na, na, so schlimm wird's schon nicht sein« abzutrotzen?

Wahrscheinlich... Männer – und man sagt, ich sei einer von ihnen –, Männer neigen ja dazu, angesichts einer von ihnen zerbrochenen Kaffeetasse nur zwischen zwei Reaktionen zu wählen, entweder zertrümmern sie aus Trotz noch die Untertasse und die Kanne und Zuckerschale und das Tablett dazu – frei nach dem Wahlspruch: »Ich bestimme hier, wann genug Schaden angerichtet ist«, oder aber sie brechen in ein derart übertriebenes schuldbewußtes Schluchzen aus, daß der Geschädigten nichts anderes übrig bleibt, als den Täter noch dafür zu trösten, daß er durch den Porzellanladen gerast ist.

Wer hat uns das beigebracht – wer hat uns zu diesen Schmierenkomödianten auf der Bühne der Wahrheit gemacht?

Vati ...?
Mutti ...?
Die bösen anderen?
Hollywood?
Alles an uns ist so übertrieben oder unterspielt, so außerhalb jeder Mitte, daß man sich wirklich fragen könnte, wieso die Züge eigentlich noch pünktlich fahren.

Andererseits – ist das wirklich eine Kulturleistung, auf dic wir so stolz sein müssen, wie wir es sind? Ich meine nicht nur das Faktum, daß tatsächlich um 14 Uhr 05 der Eilzug nach Buxtehude abfährt – ich meine alle anderen Kulturleistungen, nach deren Vollbringung wir meinen, Großes geleistet zu haben. Vollgestopfte Autobahnen, auf denen Frustrationsrangkämpfe ausgetragen werden, zugeknallte Freizeitpisten – egal ob künstlich weiß oder sandbraun gefärbt, auf denen hochvergiftete Körper beweisen, daß ihr Geheimgift wirksamer hochputschen und ausbrennen kann, als das des Gegners – verzweifelte Rangkämpfe in den 17. und 32. Etagen der Stahl-Glas-Burgen, in denen vollklimatisiert der Untergang unserer Restnatur zelebriert wird ...

Ist es das – ist das die Frucht unserer Bemühungen?

Wo ist die Kultur, in der es ein Zeichen des würdevollen Alterns ist, seine Zärtlichkeiten immer zärtlicher werden zu lassen, seine Geduld immer sanftmütiger, seine Kraft immer unirritierbarer ...

Nichts von alledem – nichts, aber auch schon gar nichts finden wir als Vorbild auf unseren öffentlichen Podien, auf denen angesagt wird, was die Kulturziele unserer Gesellschaft sind.

Hilflos ausgeliefert taumeln wir den Verhaltensvorbildern hinterher, die immer schneller entworfen und gleich darauf wieder zerrissen werden, und wissen nicht mehr ein noch aus in diesem Hexenkessel der Desorientierung. Gehe ich zu weit – ist es übertrieben angesichts einer ganz normalen Krise zwischen zwei Liebenden gleich den Sinn des weltweit verlangten Katalysatoreinbaus in Pkws in Frage zu stellen?

Ja und nein denke ich – weil die große Frage nach dem Warum und Weshalb des Betrügens und Betrogenwerdens in Wahrheit mehr ist als die Privatangelegenheit von Romeo und Julia.

Wir sind alle Wachs in den Händen unserer Vorbilder, und wir leben alle in Geschichten, die von anderen geschrieben werden, und jede Flucht in die Ausrede, daß das alles immer schon so war, ist letzten Endes nur Faulheit.

Warum wollen wir stärker scheinen, als wir es sind?
Warum tragen wir Masken, die wir an anderen abgeschaut haben, die letzten Endes genauso gescheitert sind, wie wir es tun –? Warum trinkt man immer ein Glas zu viel?

Ich bin weit davon entfernt, dem grauenhaften Zustand der Fehlerlosigkeit das Wort zu reden – aber Hand aufs Herz – wer von uns kennt jemanden, der zumindest weiß, daß er zu viel oder zu wenig ißt, schläft, fährt, arbeitet, vergewaltigt und lügt?
Ich nicht.

Rest-Sentimentalitäten.

Rest-Sentimentalitäten haben wir noch – aber keine Gefühle. Rest-Sentimentalitäten, die mit Märchen abzuspeisen sind, die dem Erzähler Millionen Dollar bringen und dem Publikum die Kurzzeitbetäubung, wenigstens zwei Stunden lang davon geträumt zu haben, daß alles ganz anders sein könnte.

Dann sitzen wir alle im Kino und weinen, wenn Kevin seiner Indianerfrau die Hand reicht zu einem Bund, der ganz sicher auf ewig dauern wird… Schon allein deswegen, weil keine andere da ist in dieser endlosen Weite der extra für den Film nicht gemähten Prärie…

Hemmungslos geschüttelt von nicht zu stoppenden Tränenströmen sehen wir ein letztes Mal den Bisonherden zu, die über den Horizont rasen, der von keiner Atomkraftwerkssilhouette zerschnitten wird, und vergessen dabei, daß in der ersten Einstellung, die diese Herde zeigt, Tausende von Bisons hineingezeichnet wurden, damit man meint, es gäbe noch so riesige Herden wie in dieser Zeit, in der der Film spielt.

Die gibt es aber nicht mehr, weil unsere Kultur dafür gesorgt hat, daß die größte zur Zeit existierende Herde dreitausendfünfhundert Stück umfaßt anstatt der geschätzten drei Millionen Stück, die eine der vielen Herden hatte damals... damals...

Ja – da sitzen wir nun – weinen und gehen nach dem Film schlecht Essen... Und das Ergebnis – geht irgendeiner der Zuschauer hin und läßt seinen Wagen stehen – oder sprengt einen Hochspannungsmast oder hängt seinen Job an den Nagel – oder umarmt seine Frau wieder einmal von Herzen – was heißt »das geht nicht« – was heißt »wo kämen wir denn hin, wenn das alle täten«... Vielleicht würden wir dem Leben, nach dem wir uns solange vor Sehnsucht die Augen ausgeweint haben, einen Schritt näher kommen.

Wer weiß... Aber keine Sorge. Das wird nicht so schnell geschehen, weil ja schon in naher Zukunft ein neuer Satellit hochgeschossen wird, mit dessen Hilfe fünf neue Programme zu empfangen sein werden... Da können wir dann daheim sitzen und zuschauen, wie in Island das Gras wächst –. Einer der fünf Kanäle soll nämlich ausschließlich der Naturbetrachtung gewidmet sein –. Na also.

So weit habe ich damals allerdings nicht denken wollen, als ich meine Geliebte dazu verführte, mit mir in die Natur zu reisen. An einen still gelegenen See, dessen Fische man tatsächlich noch essen kann.

Das Zimmer war ruhig, die Bettdecken hätten etwas flaumiger sein können, aber das war uns egal angesichts der Liebe, die zwischen uns brannte.

Ich weiß, wie das klingt. Genau deswegen wähle ich diesen Ausdruck. Es war nicht nur ihre atemberaubende Schönheit, Schönheit, die sie zur Hälfte ihren indischen Vorfahren zu verdanken hatte – es war eine Aufforderung, »Liebe zu machen« als etwas zu begreifen, was tatsächlich geht.

Kein Wegdrücken – kein Hintersichbringen – kein Punkte sammeln – kein olympischer Bewerb – nein, Liebe machen ...

Liebe –

Vielleicht war das einfach mehr in ihrer Genetik gespeichert als – halt, halt, halt, halt – Fehler – ich kenne die ganzen sagenumwobenen geraunten Berichte über Tantra und Prana mit Ketchup – mag sein, daß ihr schokoladebrauner Körper mit diesen runden großen Tempelrelief-Busen und der nordindischen Hüfteinkurvung von Natur aus etwas mehr Hingabe in sich trug als der Mehlsackleib einer Tankstellenbesitzerin in Minnesota.

Mag sein, daß ihre Mandelaugen und ihre hingemalten Bogenlippen über ihren Perlenzähnen grundsätzlich mehr Lustschwingungen in sich hatten, als der Gesichtsirrtum einer Freistilcatcherin... Aber ich bin so kühn zu glauben, daß das nur eine Erklärungshilfe ist – aber nicht die ganze Wahrheit. Ich glaube, daß die ganze Wahrheit so ausschaut, daß auch die Minnesoterin und alle anderen Mehlsäcke, die sich eines Tages aufgegeben haben, diese Möglichkeit in sich trugen. Wir alle tragen die Fähigkeit in uns, menschenwürdig zu lieben und geliebt zu werden – und dieser Glaube gibt mir den Mut zu denken, daß es nie zu spät ist.

Das mag schon sein, und ich bin sehr gerührt über meinen Idealismus. Damals aber kamen wir beinahe zu spät zu unserer Arbeit zurück, weil wir ganz einfach zweieinhalb Tage nicht aus dem Bett gefunden hatten. Wir wurden nicht satt, uns gegenseitig aufzufressen und dabei alle Erfahrungen hinter uns zu lassen. Wir radierten alle Verletzungen, Schmerzen und Irrtümer in unseren Körpern aus und gaben und nahmen, bis wir ein einziger

Kreis geworden waren von Lust und Leidenschaft und der absoluten Sicherheit meinerseits, daß ich diese Frau nicht nur deswegen heiraten müßte, weil sie die beste Erkennerin von Achsensprüngen war.

Ein Achsensprung im Film bedeutet, daß weder der Kameramann noch der Regisseur genau wissen, wo die Kamera hinzustellen ist, wenn eine Szene von einem zweiten Blickwinkel zu filmen ist. Und dieses Nichtwissen wird immer von einer klugen Frau gerettet, die weiß, wie's weitergeht.

Das war ein Teil ihres Berufes. Und ein Teil meiner Überzeugung war es, mit ihr den größten Achsensprung meines Lebens wagen zu wollen und sie zu mir zu holen.

»Zu mir zu holen« – das hat Stil, was – oder – wie?

Nein, Hand aufs Herz – das klingt doch wirklich nach Rhett Butler, dem plötzlich aufgefallen ist, daß ein Leben ohne Scarlett ein Schwachsinn ist. Er dreht daraufhin um, nimmt sie in seine Arme, und sie leben auf »Tara« glücklich und südstaatlich bis ans Ende ihrer Tage.

Mein Gott – nur so eine kleine, letzte Zusatzszene, und der ganze Wahnsinn mit dem zweiten Teil von »Vom Winde verweht« wäre uns erspart geblieben.

»Zu mir holen...« Das strahlt männliches Beschützertum aus, Unerschütterlichkeit, und duftet nach stets frisch gebügelten Hemden. Mit anderen Worten, wir nähern uns auf unserer Entdeckungsreise durch das Land der verpaßten Chancen einer weiteren Schlucht.

Rückblickend gesehen, wäre alles andere als dieser Satz »ich hole dich zu mir« klüger und weiser gewesen. Aber noch bin ich nicht vierundneunzig und am Sterbebett wie jener Rabbi, der von seinen Anhängern angesichts des Todes um eine letzte Erkenntnis gebeten wurde und der daraufhin gesagt haben soll: »Es ist alles ganz anders.«

Na wunderbar – was hat ihm diese Einsicht gebracht in den letzten dreieinhalb Minuten seines Lebens? – Relativ wenig, würde ich sagen, und das bringt uns zu der Frage, ob wir wirklich bis zum Untergang des Planeten immer nur dreieinhalb Minuten Weisheitszeit pro Leben erfahren dürfen oder ob es nicht doch andere Lebensvorbilder geben könnte als die, die wir haben.

Weise wäre es gewesen zu sagen: »So – meine jetzt

und in Zukunft Allerliebste – laß uns am See entlang spazieren, die Schwäne füttern und der Wahrheit ins Auge schauen. Ich liebe dich und du liebst mich, wir denken ähnlich, wir fühlen ähnlich, und beiden von uns graust, wenn uns beim Austernessen plötzlich einfällt, daß der Bissen, den wir da schlürfen, noch lebt. Wir arbeiten im selben Beruf, haben beide den Führerschein und keinen Buckel. Du lebst in einer Wohnung, die du, seit du mich kennst, von allen zweibeinigen Störfaktoren gesäubert hast, und ich lebe in einem netten Haus am Stadtrand mit Blick auf hüpfende Backenhörnchen. Wollen wir diesem Idyll nicht die Chance der Langsamkeit gönnen und uns erst einmal eine Zeitlang gegenseitig besuchen und langsam, aber immer sicherer zusammenwachsen, ohne unsere Individualität aufs Spiel zu setzen? Wollen wir nicht eine Zeitlang alleine – aber nie mehr einsam – weiter arbeiten, essen und »Dallas« schauen, um dann nach zwei bis drei Wochen wieder mit dem anderen in der jeweilig anderen Stadt die Freuden der Gemeinsamkeit zu teilen? Wollen wir nicht – sagen wir – ein Jahr lang mit dieser Vor-Sicht leben, um dann zu entscheiden, was wir wirklich wollen?

Vielleicht bei mir leben, vielleicht bei dir, zwei Schlüssel für eine Wohnung haben – oder aber vielleicht gemeinsam nach Timbuktu ziehen?

Hmm – Liebste – wie wäre das?

Denkst du nicht so wie ich, daß das kostbarste Gut des Menschen sein einmaliges Leben ist. Daß jedes neue Leben, das dazu kommt, nur den Sinn haben sollte, zu bereichern, aber doch nie den Unsinn, persönliche Freiheit zu zerstören – hmm?!

Mann – ging mir dieses schlappe Softie-Gewäsch auf die Nerven –. Also hab ich sie an der Hand genommen und zu mir geholt.

Dazu ist ja keiner mehr fähig, dachte ich, wenn ich durch die Innenstadtkneipen wanderte und mir ansah, was aus uns Männern geworden war. Ängstlich zusammengekrümmt, sitzen wir auf unseren Barhockern – mühsam gaukeln Designer-Lederjacken ein Rückgrat vor, das wir irgendwo an der Kasse abgegeben hatten. Anstatt einer Frau aufrichtig bewundernd hinterherzupfeifen, werden scheele Seitenblicke geschleimt, damit Frau nicht das Gefühl hat, ein Objekt zu sein – und wenn es ans Zahlen geht, besteht er darauf, sein Mineralwasser selbst zu übernehmen.

Und da fragt man sich noch, warum die Rasta-Boys in Jamaika kaum mehr damit nachkommen, den frustrierten Gesamteuropäerinnen zu zeigen, wo es langgeht.

Nun gut – ich brauche keine Lederjacke, um zu wissen, was ich will –. Daher nahm ich sie völlig ungebrochen an der Hand, pfiff auf alle dreieinhalb Minuten Weisheiten der Welt und startete durch.

Da saßen wir nun also plötzlich in diesem schönen Haus am Waldesrand vor einem prasselnden Kaminfeuer, tranken Rotwein, und ich legte mich ihr zu Füßen.
Ja, ja – genau so, wie man das lernt in den guten alten Filmen, wo noch alles gestimmt hat, und es jeder Frau klar war, daß ihr Mann ihr fremd gehen würde, weil Männer nun einmal so sind –. Na gut – lassen wir das.

Ich versuchte, sie aus meiner Sicht der Dinge so gut ich konnte zu verwöhnen, und wahrscheinlich war das der nächste Fehler –. Nein – nicht sie zu verwöhnen –, sondern meine Sicht der Dinge.

Aber zumindest in einem Punkt lief alles glatt und rund. Es geschah etwas völlig Unerwartetes – etwas, das ich bei einer Frau noch nie erlebt hatte. Sie schätzte und mochte nicht nur den Wein, den wir tranken, sie schätzte und mochte vor allem meinen Freund Karl-Heinz.

Ich muß gestehen, daß ich dieser Begegnung mit einem etwas flauen Gefühl entgegengesehen hatte, weil bis dahin nur Frauen in mein Leben getreten waren, die am liebsten alles mit Stumpf und Stiel ausgerottet hätten, was die ausschließliche Aufmerksamkeit ihres Liebsten von ihnen ablenken konnte.

Das Leben ist wirklich ein Klischee.

Nein, nein, – keine Sorge, das ist kein erster Vorbote einer nicht mehr einzubremsenden Resignation. Nur – das Leben ist leider wirklich ein Klischee.

Die Figuren der »Commedia dell'arte«, die wie Abziehbilder wirken – wie eingedickte Vereinfachungen der Lebenssuppe –, diese Figuren sind tatsächlich mit ihrer Vereinfachung näher an der Wirklichkeit als die Hoffnung, wir seien vielfältige Charaktere, die spielend Gott und den Teufel in einer Hand ausbalancieren können. Ich fürchte mehr und mehr, daß wir es nicht sind. Mehr und mehr glaube ich zu erkennen, daß Schwiegermütter-Witze nicht deshalb so sehr zünden, weil die Basis des Witzes so originell ist – sondern im Gegenteil, so sehr Allgemeingut ist, daß man nur ins Lachen fliehen kann. Dasselbe gilt für betrogene Ehemänner, einsame Hausfrauen, schmachtende Vierzehnjährige und all die anderen Scherenschnitte, die die Hauptfiguren jedes antiken Dramas sind.

Warum aber ist das so?

Warum ist immer irgendeiner da, der stört. – Warum gibt es immer einen Jago, der es »nur gut« meint – warum?

Ist es wirklich eine Erklärung, daß wir ganz einfach grenzenlos egoistische fleischfressende Pflanzen sind, die das Liebste, was sie haben, mit Haut und Haar besitzen wollen – und wenn es sein Leben kostet. Kann man den Liebsten wirklich nicht teilen – nicht ein kleines bißchen –, gar nicht?

Und wenn das so sein sollte – wo ist der Beginn dieser Rennstrecke, Richtung Abgrund, zu finden?

Ich denke, irgendwo in den einsamen Kinderzimmern unserer Kleinfamiliengesellschaft, in der das verlorene Einzelkind Todesangst bekommt, wenn die Mutter am Abend die Türe schließt, um endlich wieder eine ruhige Stunde mit dem Ehemann zu haben, der sich schon längst eine Geliebte genommen hat.

Schon längst – weil sein Egoismus es nicht zuläßt,

daß die Frau, die bis dahin sein alleiniger Besitz war, plötzlich ihre Herzlichkeit einem Störenfried zukommen läßt, der ununterbrochen einen Fuß in die Tür der früheren Zweisamkeit stellt.

Da sitzen sie dann vor dem Fernseher – der enttäuschte Gatte, der an die junge Kollegin denkt, die an genau diesem Wochenende Skifahren gegangen ist, weil er ja »ohnehin so dringend wieder einmal zu Hause gebraucht wird« – und die frustrierte Jungmutter, die genau spürt, daß das Schrecklichste, was jetzt geschehen könnte, ein Stromausfall wäre – denn dann wäre die Flimmerkiste plötzlich tot, und worüber sollte man denn dann reden –. Und im Nebenzimmer liegt abgedunkelt und abgeschoben ein kleiner, neuer, vereinsamter Erdenbürger, der nichts versteht und fühlt und spürt aus Todesangst, weil die Natur es nicht möchte, daß ein solches Wesen allein und ohne Wärme in einem Holzkäfig liegt und in die fremde Finsternis hineinweint.

Nach einer halben Stunde kommt dann ein riesiges Tier zur Türe herein und verweilt mißmutig zehn Minuten lang an seinem Bett, und das einzige, was der kleine Mensch spürt, ist die Ungeduld angesichts der Tatsache, daß man sein Weinen nicht so schnell abschalten kann wie die elfte Wiederholung von »Charly's Tante«.

Das denke ich, sind die Ursprünge, die in uns hineingesprengt werden –. Die Urangst nie wieder allein sein zu wollen in der Nacht des Lebens – läßt uns zupacken wie Ertrinkende, wenn endlich einmal einer in unser Zimmer getreten ist, der behauptet, daß er lieber bei uns sei als anderswo fernzusehen. Das läßt uns mißtrauisch und eifersüchtig und schwiegermütterlich werden, wenn der von uns so geliebte Mensch plötzlich noch einem anderen einen kleinen Schluck aus der Feldflasche abgibt, mit deren Hilfe wir die Dürre des »Death Valley« überstehen können, die man »das Leben« nennt.

Tja – aber andererseits – wo ist die Grenze der Toleranz zu finden, die wir ja üben könnten. Ganz klar – keiner von uns möchte sein Leben lang Kleinkind-Reaktionen mit sich herumschleppen und dadurch völlig unfähig werden, auf einer Cocktailparty im Small talk fortzufahren, kaum geht die Geliebte für zwei Minuten allein auf die Toilette. Aber wo ist sie, die Grenze – bis zu welchem Punkt können wir es zulassen, daß unsere große Liebe auch anderen Menschen Gefühle schenkt?

Daß ein Händedruck noch kein Beinbruch ist, versteht sich von selbst –. Aber was ist dann ein Beinbruch – ein zweiter Händedruck – ein Blick,

der drei Sekunden dauert anstatt gesellschaftsfähiger zweieinviertel? Ein Berühren des Armes – ein Kaffeehaus-Besuch zu Zweit mit einem anderen – ein Wochenende in Perugia – eine Gruppensex-Orgie vor laufender Heim-Videokamera?
Das war zu viel, nicht wahr?!
Finde ich auch, wenn ich ehrlich bin. Nicht die Heim-Videokamera, sondern das Wochenende in Perugia... Nein – ganz im Ernst – wo ist die Grenze in unserer Fähigkeit zu teilen – soll man einen Katalog anlegen von dem, was erlaubt ist – gerade noch tolerierbar – und nach dem Vollzug der Todesstrafe schreit!

Ich weiß es nicht – und hoffe, es bald zu wissen. Vielleicht, wenn sie aus Indien zurückkommt und ich mich dann hoffentlich nicht mit einigen Fakten konfrontiert sehe, die mir nur zwei Möglichkeiten lassen – den Sprung von der Golden Gate Bridge oder ein tiefes Ausatmen, während ich eine Tasse Darjeeling zubereite.

Nun gut – all diese Fragen hatte ich nicht bei unserem ersten gemeinsamen Abendessen mit Karl-Heinz.

Er ist ein runder Mensch – nicht nur, weil er 106 kg wiegt und das darauf hinweist, daß er das Leben genießt – er ist es vom Wesenskern her. Gelassenheit und Gemütlichkeit sind seine Wappensprüche, und das war auch die Basis unserer seit elf Jahren währenden Freundschaft. Gegensätze ziehen sich an, und so war sein Genießenkönnen und seine Gemütlichkeit – die manche Faulheit nannten – der ergänzende Pol zu meinem oft an der Hysteriegrenze dahintanzenden Leben.

Für den Umgang mit Frauen hatte er einen Modus vivendi gefunden, der durchaus akzeptabel war, wenn man für sich zu der Erkenntnis gekommen war, daß Liebe eine Illusion ist.

Einmal in der Woche bumste er eine auch ohne dieses Ereignis zur Genüge frustrierte Ehefrau – balancierte auf diese Weise den Hormonspiegel und genoß den Rest der Woche seine Ruhe, seine Freiheit und ab und zu einen Apfelstrudel.

Ein Idyll wuchs heran.

Meine Liebste verblüffte mich mehr und mehr durch ihre Fähigkeit, längst verlorengeglaubtes weibliches Kulturgut zum Leben zu erwecken, und erfüllte unser Heim mit den wärmenden Strahlen ihres toleranten Wesens und dem Duft selbstgebackenen Brotes. Hie und da bekamen wir Besuch von Karl-Heinz, lachten und scherzten – beugten uns am Sonntag still lesend über unsere Frühstückszeitungen und wurden langsam, aber sicher eine Familie.

Und doch – wenn ich mich aus der verschwommenen Vogelperspektive in detailgenaue Erinnerungen fallen lasse – einem Habicht gleich, der zielgenau ein Mäusezittern erfaßt und sich, durch nichts zu irritieren, daraufstürzt – muß ich sagen, daß es schon Momente gab, in denen ich dem Burgfrieden mißtraute.

Unser erstes Weihnachten gehörte zu einem dieser zitternden Vorboten der nahenden Katastrophe.

Eine Atmosphäre wie von Charles Dickens lag über dem Haus, das ganz sachte von immer höher steigenden Schneefällen umrahmt wurde.

Das Feuer prasselte lichterloh knisternd wie selten, weil ich extra für diesen Tag getrocknete Tannenzweige verbrannte, an denen noch das Harz des letzten Frühlings zu riechen war. Aus der Küche verrieten wärmende Düfte, daß ein Truthahn im Rohr seine letzte Bräunung erhielt und auf dem Herd, neben einer Pfanne, in der Kartoffelkroketten rösteten, köchelten gesüßte Maroni in heißer Cognacbutter, zärtlich beobachtet, vor sich hin.

Doris Day und Rock Hudson waren nichts dagegen.

Hm, hm – Doris Day und Rock Hudson... Wieso fallen mir die beiden dazu ein –? Nicht zu den Cognacmaroni, sondern zu der gesamten Situation. – Zu der Inszenierung, die an diesem Abend stattfand.

Liegt es vielleicht daran, daß wir wirklich immer nur versuchen, irgendwelchen Vorbildern nachzuleben, anstatt eigene Geschichten zu erfinden? Liegt es daran, daß wir in erster Linie Sehnsucht nach Sicherheit haben und nicht Sehnsucht nach Lebendigkeit? Lebendigkeit würde Veränderung bedeuten – Ungewißheit –, würde bedeuten, daß man wach sein müßte für jeden Augenblick, in dem es in unserer Hand liegt, ob der Truthahn verbrennt oder auf den Punkt gerät.

Manchmal kommt es mir so vor, als würden wir in ein riesiges Netz hineingeboren, das sich ein Leben lang um uns zuzieht. Ein Netz, das aus Abermillionen verschiedener Knoten geknüpft ist, und jeder Knoten wiederum bedeutet eine Lebenssituation, von der wir angeblich wissen, wie sie am schönsten zu verlaufen habe. Am Geburtstag müssen alle um Mitternacht »hurra« schreien, und der zu Feiernde darf überhaupt keine Ahnung haben, was im nächsten Moment auf ihn zugetragen wird in der Wohnung, in der seltsamerweise das Licht ausgefallen ist. Angesichts der Torte, auf der wieder – kaum zu glauben – eine Kerze mehr brennt, muß der Satz fallen »Schau, wie schön sie brennen«, und dann muß die gesamte Pracht, wenn möglich, mit einem einzigen Atemzug gelöscht werden.

Beim ersten Rendezvous zwischen unseren Eltern mußte unser Vater spitze schwarze Schuhe tragen, und er war gut beraten, sein Lächeln ein klein wenig schief anzusetzen, so wie der »King« es immer lächelte – und unsere Mutter mußte die Augen immer wieder abwechselnd zu Boden senken, um daraufhin knalldirekt in seine drängende Sehnsucht blicken zu können, die am ersten Abend aber ganz sicher nicht erfüllt werden durfte.

Inszenierungen bestimmen die meiste Zeit unseres Lebens und gnade uns Gott, wenn ein Akteur eine einzige falsche Zeile von sich gibt – dann bricht das Kartenhaus so schnell zusammen, wie es Zeit brauchte, das Messer der Guillotine auf Marie Antoinettes Nacken fallen zu lassen.

Ich kann mich noch an eine grauenhafte Begebenheit aus meiner für immer verlorenen Kindheit besinnen, die aufs schrecklichste diese Behauptung untermauert.

Ich hatte eine Freundin, die behauptete, in mich verliebt zu sein – nun gut –, das tut man in der Schulzeit. Was tatsächlich dahintersteckt, ist meist viel prosaischer. Ich behaupte ja, daß mindestens 67 Prozent aller Entjungferungen nur dadurch zustande kommen, daß die beste Freundin schon längst einmal gebumst hat und es nun die Etikette verlangt gleichzuziehen im Rivalenkampf zwischen den besten Freundinnen.

Ehrlich gesagt war mir völlig klar, daß ich nichts anderes war als der Vorhangzieher, der dafür zu sorgen hat, daß die Barriere beseitigt wird, die zwischen dem Publikum und dem wahren Abenteuer besteht. Aber was soll's – in unserem Alter damals nahmen wir, was wir bekommen konnten, und so ging ich eines Tages zu ihr, um Mathematik zu lernen.

Ha, ha, ha.

Das sind die drei Worte, die mir einfallen, wenn man mich befragen sollte, was dann geschah.

Schon, als sie die Türe öffnete, wußte ich, daß meine nächste Schularbeit in Mathematik nur von einem Nichtgenügend gekrönt sein konnte.

»Es ist so verdammt heiß heute«, sagte sie, als sie

meinen Blick registrierte, der erstaunt zur Kenntnis nahm, daß sie ein durchsichtiges Negligé unter einem offenen rosa Morgenmantel trug, und ihre jungen Beine in hohe Stöckelschuhe gesteckt hatte, die wirklich das einzige waren, was man tragen konnte bei diesen abnormen Zimmertemperaturen von ca. 19° Celsius.

Mir war das alles nur recht, weil ich mit meinen Freunden genau die gleiche Wette abgeschlossen hatte wie sie mit den Sekundanten ihres Geschlechts. Also meinte ich nur »ja klar, kann ich duschen – ich komme um vor Durst«.

Als sie mir im Badezimmer ein Handtuch zuwarf, dachte ich, daß sie mich mit dieser Handbewegung verdammt hart an Gina Rowlands erinnerte, und zerwühlte daraufhin vor dem Spiegel mein nasses Haar in der Weise, daß man James Dean für meinen Doppelgänger halten konnte.

»Na – alles klar«, fragte ich mit einer Zigarette zwischen den Lippen, als ich in ihr Zimmer trat, in dem sie damit beschäftigt war, eine Platte aufzulegen, die Frank Sinatra erklären ließ, daß er immer seinen Weg gegangen war.

Zwei Minuten setzten wir uns der Form halber an den Schreibtisch und glotzten auf einige Kreise und Dreiecke, die sie als Ausstattung der zu erwartenden Szene entworfen hatte. Plötzlich fühlte ich, daß sie unter ihrem Morgenmantel zitterte, und genauso schwer atmend wie sie, fragte ich, ob sie nicht der Meinung sei, daß ein kurzer Mittagsschlaf der Konzentration dienen könnte.

Was immer du willst! war ihre Antwort – besser gesagt, die nächste Textzeile des Dramas, und gleich darauf versuchte ich, mit einem Ausdruck, den ich für Leidenschaft hielt, ihr das Negligé zu zerreißen.

»Ja, ja, du, du« schrie sie immer wieder, noch bevor ich sie überhaupt berührt hatte – worauf ich mit »ich will dich, ich will dich« antwortete. Nach einer Minute drückte ich meinen Kopf neben ihrem Gesicht in das Polster, weil ich sonst vielleicht gelacht hätte, angesichts ihrer Augen, die alles im Heimkino hinter ihrer Stirne wahrnahmen, nur nicht mich.

Eine Zeitlang noch trugen stereotypes Behaupten, daß ich sie wolle, und ihre Ja-ja-du-du-Bermerkungen – dann geschah das Entscheidende. Frank war plötzlich an einer zerkratzten Rille angekommen und konnte auf diese Art und Weise endlich bei unserem stereotypen Geplappere mithalten. »And did it my – and did it my – and did it my –«, heulte er ein ums andere Mal, bis ich nicht mehr länger behaupten konnte, daß ich noch wollte, und sie plötzlich mit dem ersten wirklichen Menschenton des Tages »Scheiße« sagte.

Mit den Worten »ach laß es –« versuchte ich, einer ehrlichen Erotik Platz zu machen, worauf sie entgegnete »es geht nur mit der Platte ...«

Tja, so ist das. Und obwohl sie es in der Mischung aus Frustration und kindlich enttäuschter Dummheit gesagt hatte, war doch in diesem Satz ein Großteil des menschlichen Scheiterns in Worte gefaßt.

»Es geht nur mit der Platte«, das ist der Kontinuitätsfaden, den wir durch unser Leben ziehen, verknoten, weiterflechten und weiter verspannen, bis wir eines Tages so mittendrin sind im Netz unserer Vorstellungen wie das Leben zu laufen habe, daß nur noch die gordische Lösung übrig bleibt.

Dabei hatte es Alexander ja noch einfach, weil der Knoten überschaubar vor ihm lag – ein Entschluß – ein Hieb und Asien war sein. Bei uns normalen Lebensdilettanten ist das viel schwerer zu lösen – das Rätsel der Befreiung –, weil die uns umschlingenden Knoten so fein und klein sind und Schwertertragen noch dazu völlig aus der Mode gekommen ist.

Um es wissenschaftlich auszudrücken: je komplexer und sensibler ein System, desto höher ist seine Störanfälligkeit.

Heißt das aber nicht gleichzeitig im selben Moment, wo ich es denke, daß diese sogenannten Störungen, diese schadhaften Rillen der Platte zwar die Fassade zerbröseln, aber gleichzeitig doch nur gut gemeinte Zeigefinger der Schutzengel sind, es nicht von Frank Sinatra abhängen zu lassen, ob ein Lustrausch entsteht – ich meine, ein wirklicher Lustrausch und nicht die üblichen Doppelgängerbegegnungen von Micky und Minnie.

Hmm – wohin führt dieses Forschen –? Sollen wir keine Sehnsüchte mehr haben, nach dem Sicheren, dem Gekannten, dem prasselnden Kaminfeuer...

Ist es verboten, jedes Jahr um die gleiche Zeit die gleiche Gabel in den Truthahn zu stecken, um zu sehen, ob er schon durch ist?

Ist es nicht – anders gefragt – gerade die Tradition, die uns in einer sich ständig und immer schneller verändernden Welt einen Standpunkt gibt, von dem aus wir unser subjektives Gut und Böse entscheiden?

Frank – was meinst du dazu?

Wovor will ich mich drücken? Ganz klar vor der beschissenen Erkenntnis, die Frau meines Lebens betrogen zu haben und deswegen mit einem Fuß im Grab meines Glücks zu stehen –. Aber lassen wir einmal diesen Gipfelpunkt der Irrtümer beiseite, und betrachten wir dieses Weihnachtsfest. War ich vielleicht schon dabei zu erkennen, daß es ein Fehler gewesen war, sie von ihrem gewohnten Kreis entführt zu haben? War es schon einer der ersten Abende, der so unbedingt und total wunderbar geraten mußte, weil ich glaubte zu bemerken, daß sich in ihr erste Ansätze einer Veränderungslust zeigten? Mußte alles, aber auch alles bis zur letzten Original-Bio-Wachs-Handarbeits-Weihnachtsbaumduftkerze so dermaßen stimmen, um zu überdecken, daß wir aufgehört hatten, offen zu sein für Überraschungen?

Vielleicht bin ich nur ein staunend-stolpernder Suchender – aber genau das war auch mein lieber Freund Karl-Heinz an diesem Weihnachtsabend, indem er unangemeldet und stockbetrunken hineinstörte, wie der Haarriß im Dichtungsring der Challenger-Raumfähre ihren Flug störte.

Er hatte seine Bumsgeschichte beim Fremdgehen ertappt – wenn man das überhaupt Fremdgehen nennen kann, wenn man eine Frau, die ihren Ehemann mit einem selbst betrügt, mit ebendiesem Ehemann, dem sie ja Ewigkeit versprochen hat, im Supermarkt überrascht. Egal – nichts ist dem Regisseur des Lebens zu gering, wenn es darum geht, uns die Augen für unsere Lebenslüge zu öffnen, und offensichtlich war ihm in diesem Moment klargeworden, daß ein wöchentlicher Freitagabend-Fick nicht das allerletzte ist, was man aus dem Dasein an Glücksmöglichkeit herausholen kann. So wie ihm dieser Blick im Supermarkt geschickt worden war, um ihn auf etwas aufmerksam zu machen, so sehr wurde er nun uns geschickt, um uns darauf aufmerksam zu machen, daß unser Truthahn während seines ersten Monologs beinahe verkohlt wäre, wenn sich meine Geliebte nicht doch irgendwann zwischen zwei Tobsuchtsanfällen von Karl-Heinz in die Küche begeben hätte. Wir wissen es – Männer sind Schweine und haben Bäuche, um darauf ihre Bierflaschen zu balancieren, wenn sie vor dem Endspiel sitzen. Aber gibt es nicht Ausnahmesituationen, in denen man sich gehenlassen darf? Selbst wenn eine Dame im Raum ist, die gelernt hat, mit Messer und Gabel zu essen?

Alles klar –. Ich versuche es schon wieder mit selbstschützenden Ausreden –. Aber er war eben nicht in der Stimmung, ein Glas zu benutzen, und hat unseren extra für diesen Akt reservierten Lieblingswein eben aus der Flasche getrunken ... Gut – es ist ihm dabei etwas über das Gesicht gelaufen und hat sein Hemd angekleckert –. Aber wenn man auf diese Weise trinkt, muß man eben danach rülpsen – andererseits – in Arabien wäre es eine tödliche Beleidigung, nach dem Genuß erlesenster Art nicht zu rülpsen ... Wie ... was? – Wir sind nicht in Arabien – verstehe. Also gut – er war da und hat gestört – zufrieden – was hätte ich tun sollen? Ihn rausschmeißen, ihn in vollbetrunkenem Zustand durch schneeverwehte Landstraßen schicken, damit ihn irgendein Dorfpolizist festnimmt wegen Alkoholkonsums in der Heiligen Nacht – na also.

Es wurde dann ohnehin noch ein ganz netter Abend mit vielen ehrlichen Gesprächen und vielleicht ein paar Glas Birnenbrand und ein paar Zigaretten zu viel. Man muß offen sein für den Kummer des Nächsten, gerade in dieser Nacht, lautete meine Ausrede damals für die Tatsache, daß ich meiner Geliebten unser erstes gemeinsames Weihnachten versaut hatte.

Außerdem hat sie sich ohnehin ein wenig gerächt – weil sie mir ja immer so viel von dem altindischen Brauch erzählt hat, den Liebsten am Morgen nach dem heiligsten Feste mit einer ganz besonderen

Köstlichkeit zu verwöhnen – Shiva zu Ehren, denke ich – Nun gut – ob die gekochten Eier, die es am nächsten Morgen gab, Shiva wirklich erfreut hätten, wage ich zu bezweifeln ...

Wie auch immer – das Leben auf dem Lande begann langsam, aber sicher ein Ménage à trois zu werden, von der ich heute zugeben muß, daß es anders vielleicht besser gewesen wäre. Anders als – ja – aber wie anders – Im nachhinein weiß man immer alles besser, und wer das fehlerfreie Leben entworfen hat, der soll sich bitte bei mir melden.

Warum habe ich nicht früher bemerkt, wie sehr es sie gestört hat, einen Dauergast in der Küche stehen zu haben, der aus der Pfanne kostete, den abgeschleckten Löffel zurücklegte und sonnig meinte, daß etwas Salz fehlen würde.

Ich glaube, ich dachte, daß es doch lustiger sei, wenn ich zu Hause Blödsinn mit meinem Freund anstellen würde, anstatt heimlich hinter dem Haus eine Zigarette zu rauchen.

Na ja – Nähe schafft Distanz – Distanz – Sehnsucht – Wir haben alle Sehnsucht nach Nähe.

Darin bin ich wirklich gut – Ich meine, ich bin wirklich gut darin, wenn es darum geht, kluge

Sprüche zu finden, die davon ablenken sollen, daß ich mich schäme.

Also gut – ich gebe es hiermit öffentlich zu, daß ich mich schäme – und – ist dadurch jetzt alles besser geworden ... Die Erde plötzlich eine Scheibe und der Mond zu Zuckerwatte? Nein – na eben!

Manchmal hilft nur ein radikaler Bruch mit den Gewohnheiten, um wieder neu atmen zu können.

Mein ›Bruch‹ sah so aus, daß ich endlich eine Wohnung zu suchen begann und zwei Wochen später auch wirklich gefunden hatte.

Sie war ein kleines Juwel und mitten im Herzen gelegen. Mitten im Herzen einer der schönsten Städte der Welt, die wiederum das Herz Europas genannt wurde. Was wollte man mehr. Was wollte sie mehr, dachte ich mir, und vielleicht ist damit der Punkt erreicht, an dieser Stelle einmal ganz grundsätzlich konservatives Gedankengut abzuhandeln, von dem ich mich gleichzeitig distanzieren möchte.

Wie war das denn jetzt die letzten zehntausend Jahre lang, und wie ist es denn noch immer bei einigen Ureinwohnern hinter Sibirien?

Zehntausend Jahre lang war das männliche Wesen darauf trainiert, keine Gefühle zu haben und statt dessen auf die Jagd zu gehen. In kleinen Gruppen, in denen es Seite an Seite mit seinen Geschlechtsgenossen durch Gefahr und Kampf schritt, eroberte das männliche Menschentier Nahrung und andere Beute, die es am Höhleneingang abzulegen hatte, um die Frauen am flackernden Feuer zu nähren und zu schützen.

Eine klar geordnete Hierarchie bestimmte, daß dem erfolgreichsten und stärksten Jäger nicht nur die besten Stücke vom Mammut, sondern auch die schönsten Frauen zugestanden wurden. Und den schönsten Frauen war das wirklich ganz recht, denn man wäre ja blöd, bei eiszeitlichen Temperaturen einen Softie als Beschützer zu nehmen, der es aufgrund fehlender Muskelmasse und überentwickelter Emotionen nicht über sich bringt, einem Auerochsen den Hals umzudrehen. Wo man auch hinsieht im geschichtlichen Rückblick, erkennen wir, daß männliche Höchstleistungen durch eine Vielzahl weiblicher Wesen belohnt wird.

Heutzutage ist dieser uralte Menschheitsbrauch immer noch wiederzuerkennen, wenn wir voller Neid mitansehen müssen, daß selbst ein kleinwüchsiger Autorennfahrer angesichts der gewonnenen Weltmeisterschaft ostentativ von zwei fetzgeilen blonden Geschöpfen abgeschmust wird.

Egal – ob das jetzt die große Liebe ist oder nicht – das Zeichen steht für eine tiefe Wahrheit: erfolgreiche Jagd heißt – viele Frauen – links und rechts – Blondinen bevorzugt – J. F. K. war ja auch kein Trottel.

So – gut – gehen wir nun davon aus, daß die Zeiten der verrauchten Höhlen vorbei sind, so müssen wir doch erkennen, daß die Rituale die gleichen geblieben sind, und auch Dustin Hofman hat einmal in einem Interview zugegeben, daß er nur berühmt werden wollte, um besser an hübsche Mädchen heranzukommen. Und weiter geforscht – ist es nicht wirklich erstaunlich, daß die häßlichsten, kleinsten, fettbäuchigsten Reeder oder Hollywood-Bosse tatsächlich die langbeinigsten Miezen abschleppen – und daß sogar die erleuchtetsten Vertreter der weiblichen Zärtlichkeit kokett schnurren, daß ein Mafioso mit Knarre unter dem Kopfkissen doch einen gewissen erotischen Reiz der Gefährlichkeit hat.

Wohin ziele ich – auf einen einfachen Umstand – Wir sind bei aller Vielfalt im Kabelfernsehen immer noch zu 89 Prozent von unseren jahrmillionenalten Höhlenmenschprägungen bestimmt, und alles andere ist Lüge. Und selbst wenn eine Zeitgenossin aufgrund eingehender Lektüre von »Psychologie heute« sich einen Waschlappen zulegt, der ihr mit sanfter – ununterbrochen sanfter Stimme vorlügt, daß er alles tun würde, was sie wolle – dann lege ich meine Hand ins Feuer, daß sie sicherheitshalber irgendwo einen Macho in Reserve hat, der ihr Strapse anzieht und sie zum Opfer macht.

Ja, ja – deutliche Worte – ich weiß ... Aber entweder schaut man allen Wahrheiten ins Auge, oder man läßt es gleich bleiben.

Nun – so viel zu unserer Herkunft, was den Kampf der Geschlechter betrifft – von dessen Beschreibung ich mich an dieser Stelle natürlich noch einmal aufs deutlichste distanziere.

Aber wo wollen wir hin – wir Heutigen, die auf der Kippe stehen zwischen Urmenschentum und kommender Weltraumgeneration?
Welche Chancen haben wir, aus diesen Urwaldprägungen auszusteigen, ohne dabei zu blutleeren Nebelbänken am Nordkap unserer Sehnsucht zu werden?

Gibt es ein Verstehen zwischen den Geschlechtern – oder ist nicht die uralte Trennung der Geschlechter doch die weisere Form des Miteinanderlebens?

Ab welchem Punkt wird die ununterbrochene

Nähe aus Liebe, das ununterbrochene Teilen jedes Lebensbereiches des anderen Geschlechts zur Null-Lage der Gefühle, weil jede Spannung, die ja nur aus Entfernung erwachsen kann, erloschen ist?

Hierzu eine kleine, aber vielleicht sehr aufschlußreiche Geschichte. Ich kenne ein befreundetes Ehepaar, das wie alle anderen befreundeten Ehepaare in der größten Krise seines Lebens steckt und ganz sicher auseinandergehen wird – wenn schon nicht räumlich, so doch zumindest durch Lichtjahre weite Distanz zwischen ihren ehemals so nahen Herzen.

Sie ist eine zauberhafte, bildhübsche Frau mit weichen Zügen und zärtlichen Augen. Er ein stets dynamischer, kraftvoller Eroberertyp mit zupackendem Optimismus, der sicher auch dazu beigetragen hat, daß sie sich in ihn verliebte. Ich kenne die beiden seit sieben Jahren und weiß um ihren Anfang Bescheid. Die übliche Kleinwohnung am Stadtrand, die Verliebtheit, der Ehrgeiz, nach oben zu kommen – es gut zu haben. In den ersten Jahren arbeiteten sie beide hart daran, sich eine größere Wohnung leisten zu können – der Wunsch ging in Erfüllung – er expandierte in seinem Beruf – machte sich selbständig – hatte immer größeren Erfolg – und sie bald darauf ihr erstes Baby in

Aussicht. Beide hielten sich für gebildet, offen, liberal und antifaschistisch –. Genauso, wie es uns »Cosmopolitan« vorschreibt, daß wir zu sein haben. Das ist ja nicht so schlecht, aber die meisten unserer liberalen, offenen, gebildeten und antikommunistischen Journale fordern von einem jungen Mann noch etwas anderes. Ganz konkret verlangen sie, daß er im Kreissaal bei der Geburt seiner Kinder dabeisein müsse, um ein nie erlebtes Gefühl zu teilen, das sein Leben von Grund auf verändern würde.

Um es kurz zu machen – der Bruch in dieser Bilderbuchehe kam an dem Tag, an dem seine Frau in die Klinik eingeliefert wurde und das Kind bekam, während er in seiner neuen Firma saß und auf Aufträge wartete.

Riß – Riß – Riß – ganz großer – nie wieder zu heilender Riß ...

Ich habe mit ihr darüber gesprochen und weiß, daß sie tatsächlich denkt, daß er sie nicht lieben könne – weil er sie in diesem wichtigen Moment allein gelassen hat.

Ich habe auch mit ihm gesprochen und gesehen, daß er die Welt wirklich nicht mehr verstanden hat, weil er doch in seinen Augen nur dafür gesorgt hat, daß die Verpflegung für seine größer werdende Familie weiter glatt laufen würde.

Das heißt, daß ich mich manchmal wirklich frage, ob es so einfach geht, wie sie es uns in den Hochglanzmagazinen vorschreiben wollen.

»Das neue Fühlen, die neue Zärtlichkeit – Weiblichkeit – Männlichkeit – usw.«

Keiner Nigerianerin, Brasilianerin, Inderin oder Navahofrau würde es einfallen, sich darüber zu beschweren, daß ihr Mann nicht bei ihr ist in diesem Moment erschütterndster Erfahrungen, weil sie von Müttern, Schwestern, Großmüttern und Tanten wochenlang darauf vorbereitet, begleitet und beschützt wurde und im entscheidenden Moment von Menschen ihres Geschlechts umgeben war, die angstfrei das ihnen Vertraute helfend begleiteten.

Heißt das, daß ich mich nach der Entwicklungsstufe von Drittweltländern sehne in egoistischer Verweigerungslust, ungeahnte Emotionen zu teilen –?!

Nein – das heißt es nicht –. Aber ich möchte doch dazu aufrufen, sehr vorsichtig zu sein mit den Forderungen an unsere Emotionen, wie wir plötzlich zu sein und zu funktionieren haben und noch nicht Gekanntes plötzlich beherrschen sollen, wie ein Pizzabäcker den Luftwurf seines rotierenden Teiges.

Natürlich sehne auch ich mich nach einem völlig neuen Menschengeschlecht, das in Freiheit, Gleichheit und Brüderlichkeit fähig ist, gemeinsam durch alle Höhen und Tiefen zu wandern wie Tamino und Pamina in der »Zauberflöte«, nachdem Feuer, Wasser, Luft und Erde durchschritten sind. Was aber sollen wir denn machen bis dahin?

Deutlich gefragt – warum betrügt man die Frau, die man so liebt wie keine zweite?

Wegen sexueller Langeweile?

In meinem Fall kann ich nach dieser Frage nur herzlich lachen, weil ich überhaupt noch nie etwas so Süchtigmachendes erlebt habe, als mit ihr im Bett zu sein, und es daher im selben Atemzug fast überflüssig ist zu erwähnen, wie unendlich langweilig, ja lächerlich mein Ausbruch nach Freiheit gewesen ist.

Nach Freiheit.

Nach Freiheit... Das heißt doch, daß ich bei aller

Liebe, bei aller Zärtlichkeit, bei allen indischen Köstlichkeiten doch einen Großteil an Unfreiheit in mir hatte – oder zumindest dachte ich, daß ich unfrei sei. Anders kann ich mir das Vergangene nicht erklären, und da kommen wir schon zur nächsten Frage: Welchen Bildern habe ich geglaubt gerecht werden zu müssen, bis ich mich selbst darin eingesperrt habe. Mich eingesperrt habe und sie eingesperrt habe. Und obwohl klar ist, daß ich der Schuft in dieser Geschichte bin, möchte ich doch darauf hinweisen, daß immer zwei zu so einer Bilderreise gehören, und es in Wirklichkeit keine Schuld, sondern immer nur Beteiligte gibt.

Ist es nicht interessant, was für Gedankengut in einem derart verfallenen Wrack zu finden ist, wie ich es zur Zeit bin? Vielleicht hilft mir das siebente Bier dieses Abends, endlich einzuschlafen und die Gebetsmühlen meiner eigenen Wichtigkeit zu versäumen. Langsam und träge wälze ich meinen Molekülhaufen, den man früher einen Körper nannte, aus der Sofakuhle, und rolle in die Küche.

Es ist gut, denke ich, als ich an dem Vorzimmerspiegel vorbeikomme, daß unsere Putzfrau nicht mehr kommt –. Auf diese Weise wird wenigstens die Staubschicht über dem Glas immer undurchsichtiger und gewährt mir dadurch die Gnade, mir nicht immerzu ins Gesicht blicken zu müssen.

Ich schaue in den Kühlschrank und sehe nur Anlässe für tiefste Nachdenklichkeit.

Eine alte, halbgeschälte Salami, an deren Schnittstelle das weißliche Fett zwischen dem grau-braun gewordenen, ehemals roten Fleisch hervorquillt wie zu Boden geronnenes Wachs in einer zugigen Dorfkirche im November –.

Ein Glas mit vier Essiggurken – halb zugedeckt von undurchsichtiger Flüssigkeit, auf der kleine Atolle natürlichen Schimmels treiben – ein angebissenes Stück Emmentaler – aufgebogen wie die Schuhsohlen in Charlie Chaplins berühmtester Szene – zwei ganz neue, ordentlich frisch angebrochene Whiskyflaschen, Marke »Southern Comfort« und eine Tafel Haselnußschokolade.

»Here the legend lives« denke ich, während ich einen Viertelliter der sonnig-öligen Flüssigkeit ohne zu schlucken hinunterrinnen lasse in diejenigen Tiefen der menschlichen Physis, wo sie sich mit den sechs Flaschen Bier dieses Abends eine Party liefern können. »Scheiße – das mag sie nicht« denke ich, und greife mir ein Glas aus dem Spülbecken, in das ich irgendwann einmal habe

Wasser rinnen lassen – wann das war, kann ich allerdings nicht mehr so genau sagen. »Sie mag das nicht, wenn ich aus der Flasche trinke« denke ich, und gieße den Rest über den Umweg über das Glas in mich hinein und erinnere mich an Berichte anderer erwachsener Männer, die immer behauptet hatten, daß der Punkt komme, an dem man nichts mehr spüren würde. Hmm – wozu dann so teuren Whisky – denke ich – wenn es ja ohnehin auch Trinkbranntwein erledigen könnte?

Restaristokratie murmle ich und stelle fest, daß ich wirklich nichts mehr spüre, nichts, außer dem Bedürfnis, mich selbst zu vergessen.

Vielleicht ein kleiner Spaziergang im Freien – denke ich – gekrönt durch den Besuch eines Restaurants?

Ich steige in Stiefel und Mantel und Handschuhe und wandere durch die Straßen.

Weich hängen die mit Splittstaub versetzten Abgasschwaden zwischen den Häusern. Süßbitter ziehen Duftfahnen aus den Kanalgittern in die Nacht, die sich mit ihren null Grad nicht entscheiden kann, ob es schon Winter oder noch immer Winter ist.

Um drei Uhr früh haben keine Restaurants offen, denke ich, und bleibe stehen. Niemand ist mehr auf der Straße. Wozu auch – um die Zeit sind alle daheim bei ihren Liebsten oder bei den Geliebten, mit denen sie die Liebsten betrügen. Nur Vollidioten, wie ich einer bin – so Wahnsinnige, die sich zwischen alle Stühle setzen, sind um diese Zeit allein auf der Straße unterwegs – und da ich der einzige bin, gehe ich davon aus, daß alle anderen erlöst, entspannt, glücklich, zufrieden und kurz vor der Erleuchtung in ihren Betten liegen.

Hmm ... wieso werde ich dann aber morgen in der Zeitung wieder von mindestens vier Totschlägen lesen, in denen »lauter nette Leute« einander die

Schädel mit Hacken oder Sägen eingedroschen haben? Die Nachbarn geben ja immer so gern zu Protokoll, daß der Killer aus der Nebenwohnung immer so nett und ruhig war.

»Nett und ruhig.«

O mein Gott – Hitler hat auch Wolfshunde gestreichelt und jungen Buben väterlich die Backen getätschelt. Mich schaudert angesichts der Hochrechnung, die ich durchdenke – angesichts der vielen, netten und ruhigen Leute, die ich kenne, und in deren hinter–, hinter-hintersten Augen ganz ruhig der unbändigste Haß lodert darauf, daß sie in die Falle gegangen sind und nicht mehr wissen, wie sie rauskommen sollen, weil die Raten für den Wagen und das Häuschen und den Club Méditerranée immer durch zwei geteilt worden sind und die letzte Rückzahlung erst in dreißig Jahren Freiheit verspricht.

Nett und ruhig ...

Nett und ruhig ist unsere Welt geworden, während rund um uns die Armut, das Elend und auch das wirkliche Leben tobt.

»Ich pfeif drauf« – denkt es voller Trotz in mir. Ich habe wenigstens deutlich Scheiße gebaut und den

Wagen an die Wand geknallt. Deutlicher Sünder – guter Sünder – denke ich mir. Und – ein Pingpong-Ball muß auch erst ganz unten ankommen um wieder hochzufliegen ...

Ja, ja ... Unten ankommen – das habe ich ja jetzt glücklich geschafft! Nur hat mir keiner gesagt, daß die tausendstel Sekunde, die ein Pingpong-Ball am Tisch braucht, um wieder hochzufliegen, bei einem Menschenleben so schrecklich lange dauert. Na ja ... Na ja – nett und ruhig. »Weitergehen« – denke ich mir und bewege das Vergängliche um eine Häuserzeile. Da – ein Lichtblick. Ein Lichtblick im wahrsten Sinne des Wortes, auch wenn es nur die Neonröhren einer Würstchenbude sind – Was kann ein Ertrinkender wie ich schon noch erwarten. »Always look on the brightside of life« – denke ich mir und versuche zu hoffen, daß diese immense Einsamkeit, die ich mir selbst um die Schultern gelegt habe, zu irgend etwas gut sein wird, nachdem sie mir den letzten Rest von falschem Stolz aus den Zellen gepreßt hat.

»Ich möchte eine Currywurst mit viel Curry und Senf und Zwiebeln und Mayonnaise und Ketchup und Zwiebeln und Gurken und Käse und zwei Stück Brot und viel Curry und Kapern« – sage ich zu dem Mann im grün-blauen Neonlicht und versuche, nicht daran zu denken, ihn mit dem stahlkalten Engel an den Pforten der Verzweiflung zu vergleichen.

»Ah ja – und zwei Bier und zwei Stück Haselnußschokolade und eine Packung Zigaretten und viel Zwiebel bitte auf die Wurst...«

Ich stehe und esse und schaue an ihm vorbei, genauso, wie er an mir vorbeischaut – ein kleines Transistorradio steht in seiner Bude und aus dem teesiebartigen Lautsprecher dringt der Hit des Monats: »Let's talk about sex Baby...« Ich glaube, ich verschlucke mich gleich vor Lachen – können wir nicht über was anderes reden – denke ich zu dem Sänger in dem Radio hinüber. Dieser Gedanke ist aber völlig sinnlos, weil die Nummer sicher auf Monate der Hit Nummer eins bleiben wird. – Weil wir in unserer abgrundtief kranken Gesellschaft ja kein anderes Thema haben als dasjenige, über das wir am wenigsten wissen.

Alle Filme von Woody Allen, in denen uns erzählt wird, was wir immer schon über Sex wissen wollten und nie gewagt haben zu fragen, haben letzten Endes keinen einzigen Zipfel des Geheimnisses gelüftet.

Na gut – reden wir über Sex.

Jeder will es – die meisten kriegen es nie so oft, wie sie es eigentlich wollen – und die, die es kriegen, bekommen fast nie, was sie wollen.

Genügt das?!

Ja?! Nein?!

Die Wahrheit ist nämlich, meine lieben Freunde – daß wir in Wirklichkeit alle Liebe wollen, nicht Sex. Ha, ha!

Ja, ja, das ist eine unpopuläre Einsicht. Aber es hilft nichts – es ist nun einmal so – und wenn wir trotzdem tausendmal versuchen, dem Trend gerecht zu werden und frei und offen zu sein – wir bestehen eben leider nicht nur aus Schwänzen und Muschis, sondern auch aus den dazu passenden Körpern und in denen kreist Blut und Luft und darin lebt auch ein Herz und ein Gehirn, und noch einige Wunder weiter wartet so etwas Unfaßbares wie unsere Seele.

Und all diese Dinge hängen miteinander zusammen – untrennbar zusammen, und darum kann pures Ficken ganz einfach nicht funktionieren – das heißt – natürlich kann es das... Sonst gäbe es ja keine Nutten. Aber eine alte Nuttenehre besagt ja auch, daß sie das Geld zurückgeben muß, falls es ihr jemals kommen sollte – das heißt, sie zieht eiserne Trennlinien zwischen ihrer Muschi und ihrem Herzen – ja, ja . . . so ist das.

Das heißt also, daß es nicht wirklich geht – und daß wir, wenn wir doch modern und sportlich sein wollen, unseren Körper und unser Herz und unsere Seele als Dinge betrachten müßten, die nichts miteinander zu tun haben.

Erinnert das nicht ein wenig an Leute, die meinen, in Europa würde man es nicht so spüren, wenn in Thailand die Urwälder verbrennen? Oder an die rührenden Franzosen, die tatsächlich bewiesen haben, daß die Wolke von Tschernobyl in Kenntnis der Camembertlinie kurz vor dem Elsaß haltgemacht hat?

Da sind sie doch erst vor kurzem draufgekommen, daß das Zittern eines Schmetterlingsflügels in Marseille einen Orkan in Wisconsin zur Folge haben kann – computertechnisch natürlich.

Und das, was weltweit endlich ins Bewußtsein dringt – nämlich daß alles in alles mündet und nichts ohne Wirkung bleibt – das soll ausgerechnet beim Bumsen nicht mehr zutreffen . . .?
Weit gefehlt, Freunde. Und weil es wirklich so ist, daß herzloser und seelenloser Sex unsere Herzen

und Seelen beschädigt, sehen unsere Augen und Körper so aus, wie sie aussehen, wenn wir in den Wochenend-Aufrißlokalen herumhängen und behaupten »cool« zu sein. –

Lüge – dicke, fette Lüge – denke ich – und bestelle noch mehr Zwiebeln und Senf und Ketchup und Mayonnaise und noch Brot und ein paar Erdnüsse.

Ich habe die ganze Woche nichts gegessen, und gleich darauf – tu was du willst – du mußt dich nicht dafür entschuldigen – In der Talsohle des Lebens frißt man eben in nebligen Nächten vereinsamt solches Zeugs –. Bald bricht wieder die Zeit von gegrillten Zucchini mit Naturreis an – Jetzt aber laß dich voll rein – Nur dann kannst du wieder erhobenen Hauptes raus – eines Tages …

In Ordnung – Gibt es irgendeinen Hinweis auf den Plan des Lebens, wann dieser Tag sein wird –? …

Schweigen …

Gut – noch etwas Ketchup bitte …

Aber, wie gesagt, es kann nicht klappen, dieses dauernde Rumbumsen, weil wir daran im tiefsten Innern unseres Wesens zerbrechen.

Wir zerbrechen daran, weil wir bei aller coolen Fassade eines »One-night stands« doch nur darauf warten, daß der andere zuerst ein Zeichen gibt, das auf das Vorhandensein von Menschlichkeit hinweist und zum Beispiel fragt: »Wie wäre es morgen mit Kino?«

Je cooler und mit anderen Worten feiger die beiden Duellanten aber sind, um so unmöglicher ist das Fallenlassen des Schildes, und am nächsten Tag wird der schon längst Vergessene auf einer zehnteiligen Punkteskala eingereiht und schon reitet man zur nächsten Jagd.

Noch fürchterlicher ist es, wenn man sich ohne ein Zeichen von Liebe zu geben, doch vielleicht zwei- bis dreimal trifft – sich nimmt, was man eigentlich anders haben möchte – immer nur locker sagt: »Vielleicht sehen wir uns mal wieder –« und nach ein paar Wochen bemerkt dann einer von den beiden, daß er erkannt hat, daß er so nicht leben möchte.

Mit tödlicher Sicherheit wird der, der sich das anhören muß, explodieren, weil schon das zweite Treffen Anlaß genug war, die Mühlen der Hoffnung in Gang zu setzen.

Es gab kein gemeinsames Abendessen, keine Geschenke, keine Liebeserklärungen, keine Wochenenden zu zweit –. Nur das etwas näher Bekanntwerden beim zweitenmal.

Drei Sätze vielleicht darüber, wie es im eigenen Leben so ausschaut, und schon sitzt der Saugnapf der Sehnsucht danach, doch endlich, endlich endlich einmal mit der »Wir-sind-alle-so-frei«-Lüge aufzuhören und Körper, Geist und Seele in die Waagschale werfen zu dürfen.

Na ja – aber so lange wir solche Songs zur Nummer eins machen, die so tun, als wären wir alle nur geröstete Peanuts, die man nascht und vergißt und dann darüber ganz toll tanzt, so lange werden wir uns eben noch irren müssen ... Nicht?

Allerdings frage ich mich schon manchmal, warum die Frauen und Männer in Ländern, in denen Fremdgehen nicht Volkssport Nr. eins ist, so warme seelenvolle Augen haben. Entschuldigung – ich möchte nicht stören ...

Wo wir es doch alle so nett und ruhig haben – nicht?!

Mehr Senf bitte, und noch eine Wurst und noch ein paar – ein paar Heringe mit Pfefferkörnern –.

Es ist eine Lust, unterzugehen – ha, ha, Schlimmsein ist eine Lust.

A propos Lust – Nicht, daß jetzt wer denkt, nach den letzten Äußerungen, die altkatholische Gen-Information bricht plötzlich ungehemmt durch und ich würde zum Zölibat aufrufen. – Nein, verdammt – das ist eine Fehlinterpretation, es kann eben nicht jeder jeden bumsen, als wären wir im Paradies – weil wir eben nicht mehr im Paradies sind.

Es mag sein – wenn man nach dem Ideal fragen würde –, es mag sein, daß es eine wirklich befreite Sexualität geben könnte – könnte, sage ich, wenn wir nicht alle Gen-Codierungen in uns hätten, die das Thema nur mit Dissonanzen spielen können.

Natürlich wäre es möglich, daß freie, gesunde, autonome, wache, emotional reife, unabhängige unneurotische komplexfreie, angstfreie potente Menschen, sich auf derselben geistigen und sozialen Stufe befindend, aufeinander zugehen und ohne Bindungs- und Trennungsängste miteinander für den Augenblick verschmelzend, Liebe machen ... Ha, ha, ha, ha ... denke ich und betrachte das unrasiert weißliche Gesicht meines momentanen Ernährers in seiner Würstchenbude –. Wo gibt's denn die bitte?!

Ha, ha, ha, ha, ha...

Vielleicht hat es einmal vier Stück davon in Haiti gegeben bevor Captain Cook ihnen die wahre Religion der Zerstörung beigebracht hat.

Ha, ha, ha, ha, ha – aber heute?!

Jeder versucht nur mehr neuneinhalb Wochen zu imitieren und füttert den anderen vor der geöffneten Kühlschranktür mit halb aufgetauten Erdbeeren ... Schwachsinn – alles Schwachsinn ...

Ja – aber warum habe ich denn das alles selbst getan – fragt mich der Zensor in meinem Kopf, der die Reinkarnation der Inquisitionstribunale darzustellen versucht.

Halt's Maul – möchte ich antworten und kann die Frage doch nicht aus meinem dummen kaputten Kopf rausschmeißen ...

Scheiße ... Ich habe Sehnsucht nach unseren Umarmungen, nach unserer Zärtlichkeit – nach der wirklichen Nähe und wirklichen Wärme tief in der Nacht ...
»Ich will noch mehr Ketchup auf meine Heringe ... « – weil ich auch eine hurensverdammte Angst vor Nähe hatte ... Angst vor Nähe ... Angst

vor Nähe – Angst vor Nähe – Angst vor Nähe ... Wie oft soll ich es noch sagen Herrgott ... Es ist doch schon furchtbar genug, daß man damit gestraft ist zu begreifen, wie abgrundtief fehlprogrammiert man gewesen ist. Mein Gott, wie oft noch. Angst vor Nähe, Angst vor Nähe, Angst vor Nähe, Angst vor Nähe ...

Was soll ich machen – ich habe mich nicht so programmiert. Das ist mein einziger Rechtfertigungsversuch, den ich mir erlaube ... Der einzige ... Ich dachte, es sei unmännlich, sich hinzugeben und sich aufzulösen in wirklicher Nähe und seelischer Verbundenheit – ... Zum Kotzen ... Geht's alle scheißen mit euren Zerstörungsidealen von Härte und Rücksichtslosigkeit – ich will damit nichts mehr zu tun haben ... Ich will die Wahrheit finden ... Die Wahrheit, die da lautet – die verdammten Betrüger unserer gesellschaftlichen Autoritäten stanzen uns ein Leben lang Egomasken auf und treiben uns dazu, daß wir uns mit diesen Masken identifizieren.

So sieht das aus ...

So lange glauben wir, daß die Maske der Kälte unser wahres Gesicht ist – bis wir denjenigen zutiefst verletzen müssen, der uns aus lauter Liebe diese Eismaske zerschmelzen will.

Ich könnte sie alle massakrieren – diese Captain Cooks, die die weichen Dünen unserer Herzen okkupiert haben und uns Angst vor Nähe, Angst vor Zärtlichkeit, Angst vor Liebe eingepflanzt haben.

Nein – ich bin kein Einzelfall. Ich bin vielleicht ein Einzelgänger geworden nach diesem Unfall – aber ich bin kein Einzelfall und darum ist es auch keine Ausflucht, so grundsätzlich darüber nachzudenken, warum ich fremd gehen mußte ... Weil das ja nur eines der vielen kollektiven Krankheitssymptome unserer Gesellschaft ist, die sich ja nur selbst betrügt ...
Sich selbst ...
Sich selbst betrügt man ja in erster Linie, wenn man den anderen betrügt, Gott verdammt noch mal ... und – im Kleinen wie im Großen ist letztlich jede unserer derzeitigen sogenannten Kulturäußerungen ein Selbstbetrug von tschernobylischem Ausmaß und wird unsere Herzen noch lange, lange, lange Zeit verstrahlen ...

Freiheit ...

Verdammt noch einmal, Freiheit ... Will ich endlich sehen und nicht nur zu Tode verängstigte Freizeittotschläger, die sich in Squash-Hallen Meniskusrisse holen, weil sie nicht einmal fähig wären, einen Waldspaziergang zu machen, ohne dabei über eine Wurzel zu stolpern, und ohne die Panik, daß ihnen ein Ast auf den Kopf fällt, ein vom Wind gebrochener Ast...

Hmm... bißchen zu süß ist die Marinade von den Heringen... Vielleicht noch ein ganz klein wenig scharfen Senf und einen Wodka bitte... Du Schutzengel der Gestrandeten dieser Nacht... Soll ich zu Hause kotzen oder gleich hier – ha, ha, ha... Ist ja egal... Ha, ha – Ast auf den Kopf... Die Gallier hatten wenigstens noch Angst davor, daß ihnen der Himmel auf den Kopf fällt – aber ein Ast –... ein vom Wind gebrochener...?

Na gut – nichts hat geholfen – nichts hat geholfen – nicht die Wohnung, nicht meine klassischen »Don't worry« – ich sorge schon dafür, daß wir immer was zu essen haben« – Macho-Spiele... nicht die Tatsache, daß ich dachte, die Heirat mit ihr wird mich in ihre Nähe bringen – nichts hat geholfen, daß meine männliche Eismaske ihren Widerstand aufgegeben hat und geschmolzen ist... So klar und so einfach und so schonungslos ich das jetzt erkenne, so irrwitzig blöd waren meine Ego-Rettungsversuche in der Zeit... Schauspielerinnen – eine Schauspielerin hab ich bumsen müssen, um mir zu zeigen, wie geil ein Machtspiel sein kann... Aaah!!!

Früher hat der Herr die Zofe zur Strecke gebracht – von hinten mit lässig geöffneten Hosenlatz das schwarze Röckchen kurz über ihrem prallen Dienstbotenhintern hochgestreift – die Havanna nicht für eine Sekunde aus der Hand legend... Schnitzler hat solche Realitäten mit dem einleitenden Satz: »Geh, Marie, bring mir ein Glas'l Wasser« gekrönt.

Heute lassen sich Abteilungsleiter im Kontor ein bißchen von der hübschesten der Fließbandarbeiterin einen lutschen. Besser gestellte Führer buchen bei Arbeitsreisen zwei Zimmer mit Tapetentüre im Hotel für sich und die Sekretärin, die erst ein wenig mit Lachsragout gefüttert wird, bevor sie das Höschen zerrissen bekommt, weil er bei aller Distinguiertheit doch ein bißerl den Reiz der Brutalität schätzt, bevor er Chefqualitäten beweist.

Na, was ist – unangenehm berührt – warum eigentlich... Das sind die Fakten und wir schätzen doch Detailgenauigkeit, auch bei den Fotos von Unfallopfern auf der Autobahn, denen die Lunge aus der Achsel heraushängt...

Wir brauchen doch den Anblick der Wahrheit angeblich so sehr, um nicht in den Ruf der Schönfärberei zu geraten... Die Wahrheit ist, daß wir an allen Ecken und Enden unserer untergehenden Zivilisation nur mehr die endgültige – jeden Rest von Sensibilität zermatschende Verrohung unserer wahren Sehnsucht betreiben ... Basta.

Wenn sie wenigstens ein guter Fick gewesen wäre – diese Kollegin, mit der ich mir mein Despotentum beweisen mußte. Mein Despotentum und gleichzeitig den Zerstörungswillen im Machtkampf mit der Frau, die mich geliebt hat und die ich immer noch liebe ...

Aber man sucht sich ja dann garantiert ein Opfer aus, an dem man nicht einmal den geringsten sexuellen Spaß hat – Mir jedenfalls hat es keinen Spaß gemacht, an ihren zu billig hergestellten Busenbehauptungen nachzuprüfen, wie sich Sylvester Stallone gefühlt hat mit Birgit ... Anyway ... Ich scheiß auf Niveau und will sagen, was ich denke ... Nach einem Abend wie heute tut man das eben – tut man das eben ... wollte ich sagen ... Grauenhaft ... Von dem zweiten Irrtum will ich schon gar nicht reden, weil ich sonst an die eingelegten Heringe erinnert werde ... Ha, ha, ha – voll frauenfeindlich, was –?! ... Ja, ja, ja, ja ... Erst einmal alles rauslassen und dann heilig werden ... Ja ja – frauenfeindlich ... natürlich sucht man sich für einen kurzen Fick keine aus, mit der die Ewigkeit drohen könnte, sondern man sucht sich eine, die signalisiert »Hallo mein Süßer – keine Sorge – ich mach dir danach keine Probleme – ich will genau das gleiche wie du – nämlich keine Zärtlichkeit, keine Nähe, keine Intimität – nur eine kurze Entspannung...«

Hahaha...

Wenn man das glaubt, was sie ausstrahlen, kann man sicher sein, daß der Bumerang zurückkommt und der Ewigkeitshaken doch im Gaumen hängenbleibt. Es ist nämlich nur ein Spiel, das dieser Typ Frau spielt, um den Männerphantasien gerecht zu werden – die eigentlich eine Nutte suchen, aber so etwas nie tun würden.

Das ist die Wahrheit – Männer wollen es hinter sich bringen – ohne Echo hinter sich bringen – und das ist so, weil sie von klein auf darauf trainiert werden, nie etwas zu fühlen!

Nicht selten oder ab und zu – nein – sie werden darauf trainiert, nie etwas zu fühlen, und darum können sie auch die intimste Sache der Welt einfach hinter sich bringen.

Genau betrachtet sind also die sexuellen Spielregeln der Emanzipation eigentlich Spielregeln, die dem typischen männlichen Verhalten entgegenkommen und nicht dem der Frau.

Emanzipation wäre es doch eigentlich, wenn Männer die Empfindsamkeit erlernen würden, die schon weiblichen Babys eingeimpft wird, und nicht umgekehrt Frauen versuchten, ihre Sexualität zur

Kurzzeitbenutzung freizugeben – oder – was?! Nein – ich habe diese Frauen nicht geliebt – ich war nicht einmal verliebt, nicht einmal verknallt, nicht einmal ... gar nichts – ich wollte nur beweisen, daß ich unempfindsamer bin, als mein Herz es sein möchte, und diese Frauen waren genauso modern und kurzzeitsexuell, wie meine unzärtliche Männlichkeit es in diesem Moment brauchte.
Der Mann, der verletzt ist – egal von wem und wodurch, sucht ja keinen Menschen, dem er vertrauen kann, sondern nur ein Objekt, das ihm helfen soll, sich stark zu fühlen.
Und das ist der entscheidende Unterschied zwischen Mann und Frau – jede verletzte Frau sucht einen Mann, der ihre Wunden heilt und ihr mehr Zärtlichkeit schenkt als der Killer, der sie verwundet hat.
Der Mann hingegen sucht Frauen, die noch gefühlloser und verfügbarer sind als diejenige, an der er sich geschnitten hat.
Das ist auch der Grund, warum Männer, die fremdgehen, völlig zu Recht behaupten können, daß es ihnen nichts bedeutet hat – weil ihr Herz wirklich nicht bei der Sache war ... und das ist es, was Frauen nie verstehen können, weil sie immer von ihrer eigenen Sehnsucht ausgehen und ein sexueller Kontakt für sie in Wirklichkeit mit Nähe und Intimität und möglicher Fortsetzung einer Begegnung zu tun hat – äh verdammt noch mal!!

Vortrag beendet – kommen Sie nächste Woche zur selben Zeit wieder – danke.
Zusatz: Und weil das alles so ist, reagieren Männer aller Kulturzonen so berechtigt hysterisch auf ein Fremdgehen ihrer Frauen – weil diese seltsamen Tiere mit so einem Schritt nämlich immer auch ihre Seele in die Waagschale werfen und weil sie wissen, daß es genau das ist, was sie selber lernen sollten – am besten mit der eigenen Frau, die es jetzt sicher gut hat in Indien ... hm ... Indien ...
Zusatz: Darum ist es auch leider verständlich, wie sehr es zur Sensation geworden ist, daß Warren Beatty nach all seinen vorbildlichen Abenteuern endlich endlich endlich ein Baby gezeugt hat ...
Eine Sensation – aber warum ist es das – weil unser kollektives Wissen um die sexuellen – Unterschiede zwischen Mann und Frau uns sagt – daß er jetzt zum erstenmal in seinem Leben wie ein Mensch gehandelt hat ... O Sensation!!! Man stelle es sich einmal umgekehrt vor – irgendeine öffentlich-vorbildliche Frau, die angibt mehr als 2864 Schwänze gelutscht zu haben, würde endlich von einem Mann zur Ehe und Mutterschaft verführt –
Wäre das eine Sensation ... oder hätten wir diese Schlampe nicht schon längst medial gesteinigt?!
Sie eine Hure, er ein Held ... endlich!
O Schizophrenie – o menschenverachtendes Treiben – ich entschuldige mich bei meinen Opfern

und nehme die Heringe hiermit zurück – beim nächsten Mann mögen sie finden, was sie in Wirklichkeit suchen... hoffentlich müssen sie dazu nicht auch erst bis nach Indien reisen... O Gott... Indien...

Jetzt hat sie es sicher warm und süß und weiße Elefanten traben vorbei. Während ich hier weiße Mäuse zähle... Wieso liege ich plötzlich in meinem Bett und wieso habe ich Handschuhe an... Ich weiß es nicht... Ich weiß nur, daß die Geschichte mit dem Anrufbeantworter für jedermann zu viel gewesen wäre... Nicht nur für meine einzige geliebte Reinkarnation von Liz Taylor und der Jungfrau Maria in Gestalt meiner Ehefrau...
Wenn sie mir wenigstens geglaubt hätte, daß ich – daß ich... ich wollte nur... Gott – was bin ich für ein Versager... Herr Jesus Christus und alle Heiligen, bitte laßt mich aus dieser Vorhölle heraus, oder ich muß doch noch heute kotzen – Amen...

Was ich wirklich will, ist, daß sie wieder da ist, daß sie da ist und neben mir liegt, und das Fenster steht offen und draußen beginnt es langsam zu regnen ... Dann kommt ein erster ferner Donner, eingeleitet durch ein leichtes Zucken quer über den ganzen Himmel ... Wandernd kommt das Dröhnen und Blitzen näher, und der Regen wird ein Rauschen, und der Wind bläht die dünnen Vorhänge auf, die wie irritierte Zweige hin- und hertaumeln ... Das ist der Moment, näher aneinanderzurutschen und in das Gewitter hinein einzuschlafen –. So, wie wir es in unserem ersten Sommer so oft erlebt haben ... Mitten in der Nacht sind wir dann aufgewacht und nur der Regen war noch übriggeblieben von der sommerlichen Überspannung des Himmels ...

Ich habe ihre Augen gesehen, obwohl es ganz finster war, und ihren Mund geküßt – ihren weichen, großen, vollen, roten, schönen, feuchten Mund, und bin mit meiner Zunge langsam über ihre Lippen gewandert, habe in ihre Mundwinkel gebissen und ihre Zunge tief in meinen Mund gesaugt.

Ich habe ihre Arme genommen, hochgestreckt über ihren Kopf und ihren Hals geküßt, ihre Achseln und ihre Brust und ihren Bauch und ihren kleinen runden Nabel, der rund und weich und rund war – rund und rund und rund –, dann hat sie ihre Beine aufgemacht, und ich habe ihre Waden geküßt und ihre Knie und meine Zähne in ihre Oberschenkel gedrückt und mit meinen Nägeln bin ich langsam von ihrem Busen heruntergefahren über ihren Bauch, ihren Nabel – tiefer und tiefer und dort bin ich eine Ewigkeit gelegen und habe mich betrunken geküßt, bis sie mich zu sich geholt hat und in sich hineingeholt hat, und wir miteinander waren und ineinander waren und nicht mehr gehört haben, ob es noch regnet oder der Sturm tobt in den Straßen und Dächer wegreißt in den Sommerstürmen im August...

Tiefes weiches Miteinanderschlafen voller Liebe... Tiefes weiches Schlafen nach der Liebe... Tiefes weiches Lieben mitten im Schlaf... Warme, warme Träume mitten in der Nacht – umarmt, beschützt, geliebt, vertraut, vereint... Erlöst... Geliebt... Das ist es – gar nichts anderes – das ist es, worum es geht... Aber so geht es nur, wenn Vertrauen da ist – Vertrauen und Hingabe und keine Angst, sich zu verlieren, wenn man einmal, Gott behüte, nicht mehr weiß, wie man heißt. Ich sehe ihre Augen und weiß nicht, was sie fühlt. Ich sehe ihren Mund, und höre nicht, was sie sagt. Ich halte ihre Hand und spüre nicht, ob sie kommt oder geht – Ich will mit ihr reden und habe keine Worte, keine Sätze, keinen Atem... Meine Beine stehen auf zwei Eisschollen, die langsam auseinandertreiben. Ich will mich losreißen, aber meine Füße sind wie angeschraubt – ich will um Hilfe schreien, aber der Mund ist wie zugenäht mit tausend heißen Nadeln... Meine Augen wollen nach ihr schreien, aber ich sehe sie nicht mehr – nur eine dichte, dicke, breite Nebelwand, die grau und schwarz da vorne hängt... Da vorne...

Es reißt mich langsam auseinander – ich sehe, wie ein tiefer Riß durch meinen Körper fährt... Er zerrt mir meine Beine auseinander... Ganz langsam, immer weiter auseinander... Ich spüre, wie mein Körper reißt... Von unten nach oben langsam reißt – hoch – hoch... Hoch... hoch – So, wie man einen nutzlosen Brief zerreißt – ganz langsam – und sich dabei fragt, warum man ihn geschrieben hat – der Riß erreicht mein Herz, zerreißt mir meinen Hals und meine Augen. Wieso kann ich noch denken... wieso kann ich noch fühlen – wo bist du – wo bist du... Schmerzen... Schmerzen... Kalter Schmerz...

Good morning, Vietnaaam!

Ach du Scheiße, ich glaube, ich darf nicht mehr zu dieser Würstchenbude gehen ... Noch eine solche Nacht, und ich – und ich ... Mir ist kalt, und ich zittere und der Cognac in meinem Morgenkaffee wird mir schon wieder auf die Beine helfen, denke ich ... Träume ...

Träume – was waren das für Träume heute nacht ... War das schon wieder eine von diesen Astralwanderungen, von denen man seit kurzem wieder so viel liest oder – stop – aufhören – sofort aufhören mit diesem Blödsinn –. Hör auf und schau dich an – seit acht Wochen ist sie jetzt schon weg und seit acht Wochen gehst du jetzt im Kreis – schläfst nicht, ißt nicht, wirst trotzdem immer fetter, weil du zu viel säufst und rauchst wie ein Schlot. Genug – Schluß damit –

Schau dich einmal in der Wohnung um – überall Zerstörung, Verwahrlosung, Einsamkeit ...

Hör auf mit deinem Selbstmitleid, hör auf mit deiner Selbstzerstörung, hör auf, dich zu ruinieren – es ist vollbracht!!!

Mit anderen Worten – die Tausendstelsekunde des Pingpong-Balles auf der Tischplatte deines Lebens ist beendet – versammle dich und sei ein Mann!

Wer wagt es, so mit mir zu sprechen – denke ich, und weiß, daß es recht hat – was immer es ist –

»Ich bin dein höheres Selbst, das zu dir spricht!«

»Was bist du?!«

»O Gott, du liebst doch Donald Duck?«

»Ja – wieso?«

»Du kennst doch die Szene, in der Donald vor die Wahl gestellt wird zwischen Untergang oder himmelsklarer Erleuchtung?«

»Ja klar – links schwebt ein finsterer roter Teufel und raunt, und rechts schwebt ein himmelsblauer Engel und singt süße Melodien ...«

»Genau – ich bin der Engel – hast du's jetzt verstanden!«

»Alles klar« –

»Gut – dann versammle dich und sei ein Mann!!!«

»Dagegen kann ich nichts sagen – es stimmt. Ich habe lange genug in Selbstzerfleischung gewühlt – jetzt ist Schluß. Als erstes räume ich die Küche auf und dann – nein, als allererstes schütte ich den Cognac weg und den Whisky und auch die Morgenmischung werde ich nicht als Abschied von der Sünde ein letztesmal austrinken –. Schluß ist Schluß – Und ein Schnitt ist ein Schnitt. Mein Gott, hätte es nicht früher geschehen können?! Egal, keine Sentimentalität – es ist nie zu spät!

Langsam sieht es hier wieder wie in einer Wohnung aus – und ...

Sie kommt.

O mein Gott, sie kommt ...

Ich bleibe stehen – mitten im Zimmer – mitten im Putzen bleibe ich stehen und spüre sie – ich spüre sie, wie ich sie schon lange lange Zeit nicht mehr gespürt habe ... Es ist schwer zu beschreiben ... Eine Art Ziehen zwischen den Augen und im Herzen gleichzeitig ...

O mein Gott – hab ich das lange nicht... ich bin wieder mit ihr... so wie es früher war – wenn wir immer schon eine Minute früher gewußt haben, bevor noch das Telefon geklingelt hat, daß das der andere ist... O Gott, sie kommt.

Nein, sie kommt nicht...

Sie kommt nach... Zweiundsiebzigmal habe ich ihre Freundinnen schon angerufen, ob sie etwas wissen von ihr, und immer hieß es »nein – keine Ahnung« – selber schuld, du Vollidiot –

Nein – das hieß es natürlich nie, weil ihre Bekannten im Gegensatz zu meinen Freunden lauter vornehme Ascot-Besucher sind – anyway – Sie wollten mich aushungern – aber damit konnte niemand rechnen – niemand konnte damit rechnen, daß unsere silberne Seelenschnur plötzlich wieder da ist und ich sie spüre und... verdammt – sie kommt... Sie kommt wirklich. Ich spüre sie, und sie kommt noch heute... Ich weiß es so sicher, wie Louis Armstrong wußte, daß diese Welt wunderbar ist... Was mache ich jetzt... Ich muß zu ihr... Ein Telefon muß her... Gott sei Dank hab ich die Nummer vom Flughafen im Kopf... »Ein Ticket bitte für heute... nein – kein Rückflug... bitte... einfach offenlassen« – offenlassen –. Alles ist offen, denke ich – hoffe ich – glaube ich – fühle ich...

O meine Liebste, was mach ich in den nächsten vier Stunden bis zur Abendmaschine... Sitzen, denken, rauchen... es tut mir leid, ich muß... ganz ruhig... ganz ruhig...

Vierzig Stunden später hebt die Maschine ab – Zweiundsiebzig Stunden später landet sie – nach einem Tag bin ich durch den Zoll... verdammt, ich spüre sie hier ganz in der Nähe... Soll ich sie ausrufen lassen? – Blödsinn – ich fahre zu ihrer Wohnung – drei Jahre später setzt mich der Taxifahrer vor ihrer Tür ab – ich läute... nichts...

Ich sperre ihre Wohnungstüre auf... niemand...

Niemand...

Ich spüre es... seit zwei Monaten niemand in dieser Wohnung... Alles kalt, alles leer, alles tot... Scheiße.

Scheiße... Nichts als Scheiße... Ein kranker Irrtum?

Ein Wunschtraum – hervorgerufen durch die vielen Zwiebeln gestern nacht?

Ich setze mich auf den Boden und schaue auf die gegenüberliegende Wand... Jahrzehntelang...

Plötzlich öffnet sie die Türe – schmeißt ihre Tasche herein und erstarrt, als sie mich sieht...

»Was machst du hier?!«

»Ich – ä – ich habe gespürt, daß du kommst –«

»Wer hat dir gesagt, wann ich komme –«

»Niemand – ich ...«.

»War es Tammy?«

»Nein.«

»Stefanie?«

»Nein – deine Freundinnen waren – äh – nein – niemand hat... Ich hab dich einfach kommen gespürt – so wie früher, ich ... ich hab einfach das Gefühl gehabt, daß«

»Aha.«

Sie setzt sich und schaut mich an ...

»Ich bin... ich möchte dir gerne sagen... was ich ... ich möchte dir sagen, was ich denke ... und wenn es das letztemal ist, daß wir miteinander reden, dann ... dann ist es eben so ... Aber ich bitte dich, mir noch ein einziges Mal vielleicht zuzuhören ...«

Sie schaut an die Wand und sagt nichts ...

»Vielleicht – ... ach was ... ich fange einfach an ... Ich weiß, daß nichts so geworden ist, wie wir es uns vorgestellt haben, damals – an dem Nachmittag, an dem wir ... uns zum erstenmal gesehen haben und ... ich denke, ich weiß, daß das zu einem großen Teil meine Schuld ist ... Und – ja – ich denke, es ist vielleicht nur meine Schuld und ... ich will jetzt nicht, daß du denkst, ich bin hier, um zu sagen »bitte ich bin brav geworden – darf ich bleiben« –. Nein, ich bin hier um zu versuchen ... ich möchte dir sagen, daß ich nicht mehr lügen möchte ... Und ich möchte dir alles sagen, was du ohnehin schon weißt und was ich immer geleugnet habe ... Ja – ich ... ich war dir nicht treu ... Es war ... Ich habe damals auch keinen Pudding aus den zwei Gläsern gegessen ... und ... ich ... und auch die blaue Haarklammer – sie hat dem Mädchen aus dem italienischen Restaurant gehört und ... o Gott, ... Ja, ich war dir untreu, weil ich geglaubt habe, daß ich etwas finden muß, daß ich ... aber ich weiß, daß ich es auf diesem Weg nicht finden kann ... Vielleicht habe ich dich dabei für immer verloren, aber ich möchte, daß du weißt, daß ich begriffen habe, daß dieses doppelte Spiel... daß diese Verletzungen... daß ich... daß ich nichts mehr damit zu tun haben möchte... Ich habe nicht nur dich verletzt, sondern auch diese Frauen und zuletzt auch mich... Ich habe geglaubt, daß ich dich sicher habe... ha, ha... Sicher habe – und daß ich den Eroberer spielen muß und... aber ich weiß, daß ich auf diesem Weg... daß ich mich von dir entfernt habe und mich von mir entfernt habe, weil... ich... ich weiß... ich weiß, daß ich letzten Endes nur Angst gehabt habe... Hmm... MM... Ja... ich... ich habe Angst gehabt mich zu verlieren, wenn ich mich ganz hingebe und... ich habe Angst gehabt, kein... ich wollte den tollen Helden spielen und habe dabei nur einer Lüge gelebt... Auch die ganze Geschichte mit Karl-Heinz und so und... und all das... es tut mir leid, aber... – ich will auch sagen, daß wir vielleicht gemeinsam weitergekommen wären, wenn du nicht nur alles ertragen hättest, sondern schon früher einmal gesagt hättest, daß du so nicht leben willst... Ich weiß, daß man im nachhinein immer alles... daß im nachhinein alles immer ganz klar ist – aber – na ja... na ja... Es war nicht leicht, diese letzten Wochen –... Ich habe auch gespürt – daß du dich verabschiedet hast von mir und... ich glaube... ja, du hast sicher auch einiges erlebt, das mich nicht nur heiter macht, was... nein, ich... Es ist nicht so, daß ich nicht ohne dich leben kann – nein – ich weiß, daß ich jetzt zum erstenmal in meinem Leben mit mir leben kann und daß ich aufräumen muß mit all den falschen Bildern, die ich mir in mein Leben geholt habe... ja... ich kann nur sagen – ich weiß, daß ich fast alles falsch gemacht habe, was man nur falsch machen kann und... Die einzige Entschuldigung, die ich für mich finde, ist die, daß mir nie jemand gesagt hat, worum es wirklich geht in diesem Leben – und daß ich nur das mitgelebt habe – was alle rund um mich erleben... Ja... aber – ha, ha – es ist nie zu spät und ich will wirklich Schluß machen damit... Ich will nicht mehr lügen und – ich weiß, daß du jetzt noch ganz woanders bist – aber... Vielleicht sollte man sehr vorsichtig sein mit dem Wort »Schuld«. Vielleicht sind wir alle nur Beteiligte an einem Spiel, das schon begonnen hat, bevor wir denken konnten und entscheiden konnten, ob wir dabei sein wollen oder nicht... Ja...

Ich glaube... manchmal denke ich, daß wir eine Chance gehabt hätten, wenn wir nicht versucht hätten, alles perfekt zu machen und perfekter zu sein als Kevin Kostner und Julia Roberts. Aber ich weiß auch, daß das nur die Sehnsucht ist, endlich wirklich die Liebe zu erleben – das uns so ängstlich macht und letzten Endes zerstört die Angst und der Versuch, alles richtig zu machen –... Ja... das zerstört das Leben – das Leben, das täglich neu gelebt werden muß ... Mmm ... Weißt du, ich ... es ist so blöd, aber ich denke, daß ich jetzt – wo es vorbei ist, an dem Punkt angekommen bin, an dem es eigentlich funktionieren könnte ... Ich möchte dir zuhören und zusehen, wer du wirklich bist und nicht mein Idealbild über dich stülpen, und ich möchte dir gerne zeigen, wer ich eigentlich bin, und daß ich ... daß ich nicht immer lachen kann, stark sein und – keine Sorge, ich bin schon auch stark, aber ... Ich bin auch Clark Kent – ha, ha, manchmal ... Ja ... Na ja ...

Es ist schön, dich ... zu sehen und ... wie ich dich kenne, fliegst du ja gleich morgen weiter nach Paris oder New York, was?!

»Wie kommst du auf New York?«

»Oder Peking ... egal«

»Red weiter ...«

»Ja, red weiter ... mmm ... eigentlich ... ich weiß nicht, ich glaube – ich hab fast alles gesagt ... Manchmal träume ich davon, daß wir ... daß du mir verzeihst und daß ich mir verzeihe und ... daß wir ... nicht weiter machen« ... nein – sondern ... ich träume davon, daß wir erkennen, daß wir jeden

Tag die Möglichkeit haben, aus unseren Irrtümern auszusteigen und ganz neu anzufangen – mit Leichtigkeit und... Vorsicht... und Geduld und... ohne Lüge... Es ist... ja... es ist... denke, ich glaube – ich habe noch nie eine Hand so sehr in meiner Hand gespürt wie deine... damals... vor drei Jahren... und bei allem, was geschehen ist... das ist doch auch eine Wahrheit gewesen und – für mich ist es das... ich... ja, ich... ja... ich liebe dich... und... ja... mmm... ja...

Sie sitzt da und schweigt. Sie schaut an die Wand und sagt nichts.

Ich sitze da und bin müde... müde und gleichzeitig erleichtert, endlich alles gesagt zu haben.

Ich liebe diese Frau...

Ich liebe es, wie sie dasitzt und an die Wand schaut... Na ja... was soll man machen...

Wir sitzen eine lange Zeit und schweigen...

Es ist gut, alles gesagt zu haben – und gleichzeitig verstehe ich, warum sie mich nicht ansieht –.

Ich verstehe es... Nach all dem, was geschehen ist und nach allem, was – na ja...

Ich weiß, daß ich jetzt gleich gehen muß... O Gott...

O Gott... ich brauche nur noch einen Moment, nur einen Moment, um aufzustehen und rauszugehen. Ich gehe gleich... Ich brauche nur noch... nur einen Moment – dann gehe ich...

....

Sie steht auf und geht in die Küche.

Also gut, jetzt ist es soweit...

Sie kommt wieder und stellt ein Glas Wasser vor mich hin –

Sie schaut mich an, nimmt meine Hand und sagt: »Laß uns das Wasser teilen...«

Anfang